Den ganzen Weg entlang

Roman

Impressum:

Texte: © Copyright by Carina Posch
Bild: © Carina Posch
Lektorat: Media-Agentur Gaby Hoffmann,
www.profi-lektorat.com
Satz: Carina Posch, Indesign CC 2015

Alle Rechte vorbehalten.
Urheberrechtlich geschütztes Material.

Veröffentlichung: März 2017

Mehr über die Autorin finden Sie unter:
writtenbycp.com und www.carinaposch.com
facebook.com/writtenbycp
instagram.com/writtenbycp

Herstellung und Verlag:
BoD - Books on Demand, Norderstedt
ISBN 978-3-7431-6255-6

Die Geschichte:

Die 27-jährige Liz Morgan durchlebt eine schwere Zeit durch. Sie kündigt ihren Job, wird von ihrem Ex-Freund aus dem Appartement geschmissen und zieht daraufhin in ein kunterbuntes Haus ins San Fernando Valley. Dort trifft sie auf den verträumten, poetischen Nachbarn Noah, der alles Mögliche versucht, um sie wieder glücklich zu machen. Er hat sich als Ziel gesetzt, sie eines Tages zu heiraten. Eigentlich passen sie überhaupt nicht zusammen. Noah ist nicht der Typ Mann, nach dem Liz Ausschau hält, dennoch werden sie wahre Freunde. Ein erneuter Tiefschlag für Liz ist die Hochzeit ihrer Schwester Casey, weil diese ihren gemeinsamen Vater, der vor knapp 19 Jahren sang- und klanglos verschwand, dabeihaben will. Liz, die mit ihrem Vater eigentlich abgeschlossen hat, begibt sich ihrer kleinen Schwester zuliebe auf die Suche nach ihm.

Noah

Als ich Liz Morgan das erste Mal sah, wusste ich, ich würde sie heiraten. Vierzehn Tage später überrannte Liz die Sprinkleranlagen von meinem Nachbarn Rupert, als ich sie auf eine Tasse Kaffee hereinbeten wollte. Augenscheinlich weckte ich in ihr das dringende Bedürfnis, fluchtartig mein Grundstück zu verlassen. Mit einem lauten Türknall verschwand sie in ihrem bunten kleinen Haus mitten im San Fernando Valley.

Ich möchte euch die Geschichte über Liz Morgan erzählen. Es ist eine Geschichte über das Leben. Vielleicht werdet ihr lachen, vielleicht werdet ihr weinen, und vielleicht werdet ihr wissen, wie es ist.

Kapitel 1

Noah,
San Fernando Valley, Juli 2015

Es lag eine stechende Hitze in der Luft. Atmen im Freien schien fast unmöglich. Ein leichter Wind vom Handventilator meines Gegenübers – Rosie – erreichte mich. Gerade, als ich den dritten Gang Margherita auf der Veranda servierte, bog ein kleiner, weißer, mehr oder weniger fahrtüchtiger, am vorderen Kotflügel etwas rostiger Chevrolet ein. Zu meiner Verwunderung stieg Liz aus dem Wagen, schmiss die Autotür zu und hetzte zur Eingangstür.
„Wow, Liz, neues Auto? Wo ist der Mustang?", brüllte ich quer über die Straße.
Sie antwortete mir mit einer internationalen unfreundlichen Geste.
Ja, das war Liz, sie hatte nicht viel zu sagen, ihre Emotionen sprachen manchmal für sich.
Liz machte gerade eine schwierige Phase durch, und alles, was sie brauchte, war Zeit. Ja, soweit war ich mir sicher.
Am selben Abend warf ich einen letzten Blick in den Spiegel, mehrmals fuhr ich mir mit den Fingern durch meine voluminöse dunkle Haarpracht. Bis ich zur Erkenntnis gelangte, dass ich meine Haare nicht durch meine Fingerspitzen bändigen konnte.

Es musste Haargel her. Der Verschluss war schon ganz verklebt und roch eigenartig. Mein Haar saß meistens perfekt, meiner Meinung nach. Jedoch war ich mir nicht gewiss, ob es tatsächlich als Kompliment galt, wenn die Mädchen sagten, ich hätte die Haare eines Lamas. Ich persönlich fand ja den Pony eines Lamas ziemlich süß. An diesem Tag konnte das Haargel mein Haar zähmen. Ich wählte ein faltenfrei gebügeltes Sonntagshemd, welches ein äußerst gewagtes Muster aufwies, und dazu meine Levis Jeans sowie weiße Sneakers, die man jetzt so trug. Wie an fast jedem Abend, wenn der Himmel sich langsam rot färbte und ich für einige Minuten mit meinem Blick an die Abendröte gefesselt war, machte ich mich wieder mal auf den Weg zu Liz. Glücklicherweise trennte uns nur das Haus von Rupert, der öfter als Pufferzone diente, als ihm lieb war.

Mutig und bestimmt klopfte ich nun gegen ihre türkisfarbene Haustür. Ihr Haus, also das lässt sich schwer in einem Satz beschreiben, war türkis, blau und wies ein wenig Gelb an den Fensterrahmen auf. Es sah aus, als hätte es einen Farbanschlag hinter sich. Innerlich musste ich über meinen kleinen Scherz lachen. Ich möchte nicht sagen, dass es hässlich war. Es war nur anders und erweckte dementsprechend Aufmerksamkeit. Ich persönlich liebte ja Farben, trug gerne mal mehrere an mir. Liz hingegen bevorzugte Schwarz mit Schwarz,

dazu ihre dunklen Haare. Auch heute wurde mir die Tür komplett in Schwarz geöffnet, sogar schneller als vermutet. Und sie sah bezaubernd aus, sie war bildschön.
Ich war bereit für meinen Auftritt. „Man sagt doch man sieht sich so oft, bis man merkt, man gehört zusammen …"
Im nächsten Moment sah ich die Haustür, welche in einem äußerst gefährlichen Abstand vor meiner Nase zuflog. Dass ich nur knapp einem Nasenbruch entkommen war, registrierte ich auch trotz meiner fehlenden Brille. Mein Stolz war zwar ein wenig geknickt, aber ich ließ mir nichts anmerken. Ich lächelte dennoch der Tür tapfer entgegen.
„Ach du meine Güte!" Kam es von der anderen Straßenseite.
„Ist es schon wieder Zeit, dass du dieses selten hässliche Hemd trägst?"
„Hi, Rosie, na wie geht's dir heute?"
Rosie wohnte schräg gegenüber von Liz und somit parallel zu meinem Haus. Wir waren gute Freunde, trotz des rauen Tons, welcher hin und wieder zwischen uns herrschte.
„Ich dachte, das Hemd trägst du nur zu besonderen Anlässen? Ist etwa heute so einer."
„Ja, sicht wohl so aus."
„Letzten Sonntag hast du es ausnahmsweise nicht angehabt, da dachte ich schon, der Polyesterfummel hätte seinen letzten Tag gehabt."

„Ja, es gefällt dir nicht, ich hab's verstanden. Und die ganze Nachbarschaft auch."

Liz, Rosie und ich wohnten in einer beschaulichen Gegend im Valley. Im San Fernando Valley, mitten im sonnigen Kalifornien. Sonnig wäre in den heißen Sommermonaten vielleicht etwas untertrieben; die Einheimischen nennen das Valley auch den Kessel. Hin und wieder fühlt man sich nämlich gekocht, wie ein Suppenhuhn.

Seit Liz hier eingezogen war, wirkte es nur mehr halb so langweilig, und es wurde deutlich mehr getratscht. Vorwiegend lebten in dieser Straße Rentner, die mittwochs und freitags ihre Streifzüge mit Nordic Walking Stecken vollbrachten.

Sonntags fuhr ich mit Rosie in die Kirche, samstags zu Wall Mart, und donnerstags war Pokerabend inklusive Margherita. Das war mein Leben. Vor ein paar Jahren verdiente ich mein Geld als Autor, was ich eigentlich noch immer war. Jedoch befand ich mich leider in einer Schreibblockade, was dazu führte, dass ich jetzt nicht mehr schrieb. Glücklicherweise hatte ich mit meinem ersten Buch einen Bestseller gelandet, von dem ich heute noch ein wenig leben konnte. Unglücklicherweise basierte die Geschichte auf den kriminellen Machenschaften meines Vaters, was sich wiederum sehr gut verkaufte. Denn Menschen lesen gerne Geschichten von anderen Menschen, besonders Geschichten von Personen, die gerade fallen. Und mein Vater war gefallen, sehr tief. Ja, und wenn die Geschichte noch dazu echt ist und sie der eigene Sohn verfasst hat und das einer wohlhabenden Familie in Orange County passiert ist, erscheint der Bestseller fast vorprogrammiert.

Nun ja, meine Familie fand es weniger erfreulich, was ich auf der einen Seite verstehen kann. Vermutlich würde ich es heute nicht mehr machen, aber damals war ich gerade 19 geworden und wollte mit der Sache irgendwie umgehen. Das, was passiert war, verstehen.

Meine Mutter lebte seit dem einen Morgen, als die Zwangsräumung vor der Tür stand, bei meiner Tante und meinem Onkel. Sie hatten sich arrangiert; irgendwie musste das Leben doch weitergehen.

Zurück zu Liz: Seit sie in die Nachbarschaft gezogen ist, hatte ich das Gefühl, meine Inspiration fand wieder zu mir, vielleicht war sie für uns alle auch nur eine willkommene Ablenkung zu dem Alltagstrott, den wir hier erlebten.

Doch wollen wir ganz am Anfang beginnen, kurze Zeit, bevor Liz hier in die Nachbarschaft gezogen ist und ihr Leben eine Wendung nahm.

Kapitel 2

Zeit zu gehen
Liz

Meine Seifenblase vom Leben zerplatzte an genau einem einzigen Tag.
Und ich fiel tief, sehr tief.
„An was denkst du?", fragte ich ihn in dem schicken Restaurant, welches erst vor zwei Wochen eröffnet und nun eine Warteliste für die nächsten sechs Monate vorzuweisen hatte.
„Keine Ahnung, es stresst mich irgendwie alles gerade."
„Was genau?"
„Der Job und eben alles."
„Jason, du arbeitest vier Monate lang. Das erste Mal in deinem Leben. Was genau stresst dich?"
„Es gab eine Zeit, weißt du, da habe ich von heute auf morgen beschlossen, einfach nach Thailand für ein oder zwei Monate zu fahren, und keinen hat es gestört, keinem musste ich eine Antwort schuldig bleiben."
„Du willst nach Thailand?"
„Liz, es geht nicht um Thailand. Es geht um das alles hier."
Ich starrte auf meinem Lachs, der so trostlos und verloren auf dem viel zu großen Teller lag.
„Und weiter? Du bist gestresst, willkommen in der

Arbeitswelt. Willkommen in der Realität."
Er schüttelte den Kopf und stocherte in seinem Essen herum.
„Ach ja, heute hat der Typ von dem Küchenstudio angerufen, wahrscheinlich bekommen wir die neue Küchenplatte am Freitag."
„Gut."
„Gut …" Er äffte mich nach und nahm einen großen Schluck Wein, dann noch einen, bis er weitersprach: „Siehst du, das nervt mich so dermaßen, dass mir fast das Steak im Hals stecken bleibt."
„Was nervt dich so?"
„Das alles!"
Er bemühte sich, leise zu sprechen, und zeigte dabei auf das Restaurant, auf sein Essen, und sein Blick blieb an mir hängen.
„Ich nerve dich?"
Er wandte den Blick ab und stierte auf sein Handy; eine Vielzahl an Nachrichten rauschten in Sekunden ein. Und er lächelte. Danach schwieg er und versuchte, nicht auf die Nachrichten zu schielen.
„Willst du mich nicht mehr?"
„Das ist nicht der richtige Zeitpunkt."
„Wie bitte?"
„Du fragst mich das Gleiche – immer und immer wieder. Liz! Muss ich dir ständig sagen, was ich fühle. Kapierst du es anders nicht."
„Es würde reichen, wenn du mir bloß das Gefühl geben würdest, du musst es nicht laut aussprechen."

„Was soll das schon wieder heißen? Sprich nicht andauernd in Rätseln!"

Erneut unterbrach uns eine Nachricht, die er empfing. Und so blöd es auch klingen mag, ich war in jenem Moment eifersüchtig, dass er das Smartphone anlächelte, wie er mich schon lange nicht mehr anlächelte. Und ich wusste hinter dieser Nachricht steckte ein Grund für dieses Lächeln.

„Ich will nach Hause."

„Dann lass uns gehen."

Er kochte innerlich und gab es mir zu spüren. Er warf die Stoffserviette auf den Tisch und schob den Stuhl mit einem lauten Geräusch zurück.

Kein Wort. Kein einziges Wort wechselten wir, bis wir zu Hause angelangt waren.

Beim Hineingehen bemerkte er tonlos: „Ich muss noch ein paar Gespräche führen."

Welche Gespräche er führen würde, ließ sich um 23 Uhr wohl erahnen.

Doch ich blieb ruhig, versuchte, mich nicht wie eine Furie aufzuführen, obwohl ich innerlich von Eifersucht fast zerfressen wurde.

Ich schälte mich aus dem hautengen blauen Etui-Kleid, welches ich mir eigens für diesen Abend gekauft hatte. Wir hatten so wenige von diesen Abenden, an denen wir uns einfach nur unterhielten und ein paar schöne Stunden verbrachten. Ich band meine dunklen langen Haare zu einem Zopf und wusch mir das Gesicht. Ließ das Wasser laufen und schaute zu, wie es den Abfluss hinunterfloss. Gedankenverloren griff ich nach einem Handtuch und wickelte mich darin ein, versuchte dabei, irgendwie alles zu vergessen, was sich gerade in meinen Gedanken abspielte. Ich drehte den Wasserhahn zu und tupfte mir das Gesicht ab. Bis mich die Emotion packte und ich nicht anders konnte, als in sein Arbeitszimmer zu laufen.

„Rede mit mir!" Ich stand da, halbnackt, lediglich mit dem Handtuch bedeckt.

Er schüttelte den Kopf und machte eine Geste, die mir zu verstehen geben sollte, er sei noch am Telefon.

Doch ich wiederholte mich wieder: „Rede mit mir!"

Er fuchtelte mit der Hand und versuchte, mich aus dem Zimmer zu scheuchen.

Doch ich blieb.

„Ich rufe dich morgen zurück." Verärgert knallte er das Smartphone auf den Tisch, atmete kurz aus und musterte mich dann mit glühenden Augen.

„Liz, was ist dein Problem? Du wolltest ein Essen, wir waren in diesem überteuerten Schuppen und aßen unser überteuertes langweiliges Essen, jetzt möchte ich kurz ein Telefonat führen, und du willst wieder reden. Und lass mich raten, es geht wieder um uns und das ewig gleiche Thema."

„Was ist so falsch daran, darüber reden zu wollen? Sieh nur, wie du dich mir gegenüber verhältst?"

„Liz, du bist dauernd unzufrieden, ich verstehe dich

nicht."

Er ging an mir vorbei, ohne mich weiter anzusehen, murmelte dann: „Du bist einfach unzufrieden mit dir, deinem Leben, deinem Job, einfach allem."

„Das ist nicht wahr."

„Jeden Tag schimpfst du über alles. Wie sehr dir dein Boss am Senkel geht, wie sehr du es hasst, jeden Tag zur selben Zeit an diesem Ort zu sein."

„Das ist nicht das Problem! Das, was mich seit Wochen so beschäftigt, ist, dass ich das Gefühl habe, dass du dich vor mir entfernst."

„Liz!" Jetzt schrie er. „Was willst du? Ich bin mit dir in dieses Appartement gezogen! Was redest du jetzt von entfernen? Wie nah soll ich dir noch sein?"

Kaum hatte er den Satz fertig geschrien, bekam er wieder eine Nachricht, der er nun seine Aufmerksamkeit schenkte, während er sich im Wohnzimmer auf dem Sofa niederließ. Und so ließ er mich stehen, hielt es nicht für notwendig ein weiteres Wort darüber zu verlieren.

23:52 Uhr

Jason schlief, ich war hellwach und wälzte mich von einer Seite auf die andere.

Stand Minuten später auf und kochte mir einen Tee. Nahm mein Handy und ging die gemeinsamen Bilder mit Jason durch. Fand eines, welches vor drei

Jahren entstanden war, als wir glücklich gewesen waren, frisch verliebt. Es war kurz nach unserem Kennenlernen entstanden. Ich erinnerte mich an jenen Sommertag im Mai; ich hörte den Lärm der vorbeifahrenden Autos, spürte den Wind, der mir die Haare aus dem Gesicht blies.

An diesem Dienstag war ich dabei, meine Yogastunde zu verlassen, und er war gerade auf den Weg zur Uni. Also trafen wir irgendwo mitten in Westhollywood aufeinander. Ich spähte über meine rechte Schulter, und wie auf Befehl sah er zu mir. Plötzlich stand er neben mir und fragte mich so, als ob er mich das jeden Tag fragen würde: „Was hast du eigentlich jetzt noch vor?"
Es schien in diesem Moment so, als würde ich den Menschen schon Jahre kennen. Er hätte mir in dem Moment alles erzählen können. Es war elektrisierend, wie er mich anlächelte. Dieses Lächeln, wenn er eigentlich mich zum Lachen bringen wollte und dabei selbst nicht lachen wollte. Er sah verdammt gut aus, trug seine Piloten-Sonnenbrille, dazu sein weißes T-Shirt und Jeans.
Seit der ersten Minute sprachen wir über Gott und die Welt. Vier Stunden vergingen in dieser kleinen gemütlichen Bar rasch wie ein Wimpernaufschlag. Doch so perfekt es nun klingen mag. Das war es nicht. Das war es nie. Es dauerte nicht lange, bis ich mich Hals über Kopf in diesen Mann verliebte,

und es dauerte nicht lange, bis ich das erste Mal tränenaufgelöst im Bett lag. Doch bis heute hätte ich für ihn alles gegeben.
Wir hatten unsere Meinungsverschiedenheiten, und es war nicht immer leicht. Es gab Nächte, da warfen wir uns nicht bloß Worte an den Kopf. In jenen Nächten stritten wir dermaßen, dass ich in Tränen aufgelöst im Badezimmer saß und alles bezweifelte, was zwischen uns war. Und dann gab es Tage, an denen er mich ohne Worte verstand. So war das zwischen uns, wir legten öfter mal eine Pause ein, um uns dann wieder so nahe zu sein, dass es selbst uns unerklärlich war.
Ich traf nette Typen, 1A-Heiratsmaterial, Männer, die alles für mich getan hätten. Und ich wählte ihn, immer und immer wieder. Weil er nicht alles für mich tat, weil er mir an einigen Tagen das Gefühl gab, ich wäre die Welt für ihn. An anderen Tagen nichts für ihn. Wir hatten beide unsere Probleme, und vielleicht waren wir uns deshalb so nahe.

Es war zwei Monate her, seit wir dieses Hochglanzappartement in Downtown bezogen hatten. Auch hierüber stritten wir uns viel, doch für mich war es an der Zeit gewesen: Ich wollte etwas Gemeinsames schaffen, mit dem Mann den ich liebte etwas aufbauen.
Ihm ging es nach fast drei Jahren auf und ab immer noch zu schnell. Und ich war das Achterbahnfahren

irgendwann leid, ich wollte ihn nicht unter Druck setzen, weil ich wusste, dass er mit Druck nicht umgehen konnte. Manchmal antwortete er ganze drei Tage nicht auf meine Anrufe, mit der Entschuldigung, er bräuchte Zeit für sich. Am vierten Tag legte er mir dann die Welt zu Füßen und fuhr mit mir ins Strandhaus nach Santa Barbara. Ich versuchte das Schlechte aus meinem Gedächtnis zu streichen, irgendwie zu vergessen, weil die Zeit, in der wir zusammen waren, all das ungeschehen machte.

Zwei Tage später
Downtown Los Angeles

Es war 19 Uhr, als ich von der Arbeit nach Hause kam, die Post holte. Ich weiß noch, dass ich lächelte, als ich nichts außer der Verlobungsparty-Karte meiner Schwester im Postfach fand. Danach fuhr ich weiter in den 16. Stock: Penthouse-Etage. Ich griff in die Seitentasche meiner Lederjacke und holte den Wohnungsschlüssel, sperrte auf und entdeckte Schuhe, die nicht meine waren.
Ein Stich in der Magengegend durchfuhr mich. Ich ging zuerst ins Wohnzimmer, dann in sein Arbeitszimmer und schließlich ins Schlafzimmer. Wie ferngesteuert. Ich spürte den Puls in meiner

Kehle.

Es war das reinste Klischee, das sich hier abspielte. Jetzt hätte ich wahrscheinlich wütend um mich schlagen sollen und laut schreien. Doch ich verschwand, wortlos und ohne jede Emotion aus dem Zimmer.

Er rannte mir nach, packte mich am Arm und sah mich so an, wie er mich immer ansah, wenn er mich belog.

„Es bedeutet gar nichts, Liz. Ich liebe dich."

Nackte Panik erkannte ich in seinen Augen.

Ich stand unter Schock, starrte ihn bloß mit großen Augen an.

„Was hast du jetzt vor?", fragte er.

Eine lange Pause füllte die Leere, die Stille, die im Raum klebte.

Plötzlich flehte er: „Mach nichts Falsches, ich bitte dich." Er fuhr sich mit der rechten Hand durchs dunkle Haar, bevor er mich an meiner Schulter packte, um eine Antwort aus mir herauszuschütteln.

„Liz, es bedeutet nichts", wiederholte er.

„Doch, das tut es."

„Es war nur Sex."

Jetzt sah ich, wie sich das Mädchen anzog, in unserem Schlafzimmer, in unserem Appartement. In unserem Zuhause, was ich so sehr gewollt hatte, in unserem gemeinsamen Leben.

„Bitte sag etwas!"

Ich konnte nichts sagen, stattdessen rannte ich

auf die Toilette und kotzte mir die Seele aus dem Leib. Mein Körper zitterte, während ich vor der Kloschüssel kniete.
Jason klopfte gegen die Tür. „Liz, mach auf!"
Für die nächste Stunde saß ich am Boden und versuchte, zu realisieren, was gerade passiert war. Langsam sperrte ich die Tür auf und bemerkte, dass er sich nun wieder angezogen hatte und im Wohnzimmer auf mich wartete.
Ich ging langsam auf ihn zu.
Er hatte sich ein Bier geholt und nippte daran.
„Ich will eine Erklärung", forderte ich tonlos.
„Du reagierst komplett über, es hat nichts mit Liebe zu tun."
„Wieso hast du es dann getan?"
„Verdammt, vielleicht hatte ich Angst vor all dem hier, vielleicht möchte ich mich noch nicht festlegen, vielleicht habe ich Angst, mich zu binden. Deine tausend Fragen jeden Tag bringen mich um."
Da sah er mein Gesicht, aus dem jegliche Farbe mittlerweile verschwunden war, und meine Augen, die förmlich geschwollen waren vor lauter Tränen, die ich zuvor vergossen hatte.
„Aber, wenn du willst, entschuldige ich mich, aber du hast auch daran Schuld."
„Ach, habe ich das?"
„Ich sagte dir von Anfang an, ich kann mit einer festen Bindung einfach nicht klarkommen."
„Dafür ist es nun ein bisschen zu spät, findest du

nicht?"

Er setzte sich aufrecht hin, stellte die Bierflasche auf den Tisch und blickte mich zielgerichtet an.

„Vielleicht kann ich dir nicht das geben, was du suchst."

„Was suche ich denn?"

„Eine heile Familie und eine heile Welt."

Antworten konnte ich ihm nicht, es war ein müdes Lächeln, was ich ihm schenkte.

„Such dir ein Hotel, Jason."

Und so dumm es klingen mag, in dem Moment, als ich es aussprach, wollte ich es nicht sagen. Eigentlich wollte ich, dass alles wieder so war, wie zuvor. Dass er mich in den Arm nahm und mir erklärte, es würde wieder alles gut werden. Doch zugleich fühlte ich so einen Hass auf diesen Menschen, der gerade dabei war, alles zu zerstören.

Er stieß ein kurzes Lachen aus; sein Blick war voller Panik.

Und dann kam sein Abgang, er wollte sicher und entschlossen wirken, doch ich konnte erkennen, dass er mit der Situation nun dermaßen überfordert war, dass er nicht wusste, wie ihm geschehen war.

„Liz, ich hoffe, du bist mir nicht böse, wie das jetzt alles gelaufen ist. Aber es ist deine Entscheidung. Von mir aus müssen wir das nicht so machen. Das mit ihr bedeutete nichts. Ich schwöre es dir."

Ich starrte noch immer ins Leere, Richtung Flur, wo ich ihre Schuhe vorgefunden hatte.

Er ging ins Schlafzimmer und packte seine Sachen; ich folgte ihm wortlos, sagte dann tonlos:
„Also du gehst? War's das?"
Als er die Nachwehen seines Verhaltens hörte, verließ auch ihn in dem Moment die Gesichtsfarbe, er war getroffen, mit der Realität konfrontiert. Er schüttelte den Kopf und packte seine letzten Klamotten in die Tasche.
Das dumpfe Schließen der Tür, als er ging, war zu hören, genauso wie der Lärm der Großstadt, als ich das Fenster öffnete und in die Nacht hinaussah.
Wie oft hatte ich gespürt, dass es nicht gut gehen würde, und wie oft hatte ich mir eingeredet, dass wir es schaffen könnten.
In dem Moment stellte ich unter Tränen fest, dass es nie perfekt gewesen war. Es war die Liebe, die nicht perfekt war, aber sie war echt. Wie oft hatte ich das Ende kommen sehen und es nicht glauben wollen.

Kapitel 3

Feiern
Liz

Ich weiß nicht mehr, wann ich den Kerl neben mir attraktiv fand, vermutlich zwischen dem siebten und achten Gin Tonic. Er war nett, sah gut aus und erzählte mir irgendetwas vom Berühmtsein. Oder war er berühmt? Keine Ahnung! Ich nickte durchgehend, dabei nippte ich wieder von meinem Drink.

Er war langweilig, umschwärmte mich mit Floskeln, und ich musste des Öfteren gähnen. Nichtsdestotrotz ging ich an diesem Abend mit ihm nach Hause. Eine Taxifahrt später waren wir vor der Haustür, mitten in Downtown.

Wir küssten uns die ganze Taxifahrt lang.

Doch als wir in seiner Wohnung waren, passierte etwas Eigenartiges.

„Liz?"

„Ja?"

„Du bist etwas Besonderes für mich, ich hoffe, du weißt das?"

Ich wusste in dem Moment sofort, dass ich so schnell nichts Besonderes für irgendjemanden sein wollte. Also versuchte ich, sein Gesagtes wegzuküssen, und konzentrierte mich darauf, den Abend noch so schön

wie möglich zu gestalten. Und er wurde schön, sehr schön, bis es Morgen wurde und mich ein Anruf aus dem Schlaf riss.
Ich flüsterte ins Telefon hinein: „Ja?"
„Wo bist du?"
„Wer ist da?"
„Deine Rettung! Ich möchte dir nur mitteilen, dass du in genau zwei Stunden einen Termin hast, also schwing deinen verdammt hübschen Hintern ins Büro."
„Elise?"
„Ja guten Morgen, Liz! Komm jetzt."
Meine bezaubernde und nicht immer gut gelaunte Kollegin Elise. In der Tat rettete sie mich in letzter Zeit öfter mal aus den unmöglichsten Situationen. In letzter Zeit, zumindest.
Ich schob den schweren Arm, der über mir prangte, zur Seite. Was den Kerl neben mir nun weckte, was ganz und gar nicht meine Absicht war.
„Guten Morgen, meine Hübsche."
„Morgen."
Er zog mich zu sich, und mir wurde schlecht.
„Hör zu, ich will ja nicht unhöflich sein, aber ich muss zur Arbeit."
„Liz?"
„Mhm."
„Ich habe das Gefühl, zwischen uns ist eine ganz bestimmte Chemie, das passiert nicht sehr oft."
„Mhm."

„Ich möchte, dass wir in Kontakt bleiben, wir können heute Abend etwas unternehmen."
„Heute? Heute kann ich nicht. Heute habe ich so ein Familiending."
„Und morgen?"
„Morgen?"
Ich spürte ein ziemlich beengtes Gefühl in der Brustgegend. Es lag nicht bloß daran, dass er seinen Arm um mich gelegt hatte.
„Vielleicht." Dabei lächelte ich aufmunternd. Ich glaube, ich zwinkerte sogar.
„Ich mache uns mal einen Kaffee."
„Mhm."
Während er sich vom Schlafbereich Richtung Küche bewegte, überlegte ich die ersten Sekunden, was ich als Erstes machen sollte. Lautlos durchs Fenster verschwinden oder doch durch die Tür einfach schreiend davonlaufen. Das Loft ließ für derartige Fluchtpläne wenig Möglichkeiten, da alles sehr offen angelegt war. Doch während ich dabei war, mir meine Klamotten anzuziehen, kam der Moment.
„Ich springe mal kurz unter die Dusche."
Jawohl! Das war sie, meine Chance, mich unbemerkt und lautlos aus seinem Leben zu verabschieden. Ja, hätte es da nicht noch den einen kleinen Zwischenfall gegeben.
Ich sammelte meine Klamotten auf, suchte meine Schuhe und beäugte mein Aussehen im Flur des Lofts. Dort war ein überdimensionaler Spiegel, den

sich wohl jede Frau wünschen würde. Mein Makeup sah an diesem Morgen sogar noch besser aus als gestern Abend. Ein origineller Smokey-Eye-Look, wie ich fand. Ich beäugte mich von allen Seiten. Das laufende Wasser war noch zu hören. Zaghaft und mit verkrampfter Miene sperrte ich das Schloss der Eingangstür auf. Und dann passierte es, vor lauter Schreck machte ich einen großen Schritt zurück.
Zwei Gesichter grinsten mich an, zwei Gesichter und ein Buch hielten sie auch in der Hand.
„Haben Sie schon von der Geschichte Jesu gehört?"
„Ach Gott!"

Abwechselnd sah ich an diesem Montagmorgen auf mein Smartphone, dann auf mein Facebook-Profil und anschließend auf die Immobilienseite. Es war nicht mehr zu leugnen, mein Leben war gerade dabei, sich zu ändern, und es fühlte sich so an, als würde man mich in einen Zug setzen. Ohne jemals die Chance gehabt zu haben, sich für diesen Zug zu entscheiden. Ich betrachtete den Bildschirm ganze acht Minuten ohne Regungen, es war nicht meine Glanzstunde. Es fühlte sich surreal an.
Elise spähte alle drei Sekunden über den Bildschirm. Schließlich fragte sie mich: „Du bist doch an der Präsentation dran oder?"
Sie war die Texterin, ich war für die Konzeption und den grafischen Teil zuständig. Irgendwie waren

wir ein Team, doch heute leistete ich keinen Beitrag; zum ersten Mal in meinem Leben war es mir auch egal. Gut, also steuerte ich geradewegs auf meine Lebenskrise zu, dies war kein Geheimnis mehr. Sich nun auch beruflich verloren zu fühlen, das war mir allerdings neu.

„Liz?"

„Ja?"

„Bist du dran?"

Man konnte wohl erahnen, dass ich nicht dran war. Meine Maus bewegte ich schon seit einer Viertelstunde nicht mehr. Regungslos starrte ich weiterhin auf den Bildschirm. Der Monitor zeigte mir ein Haus, es war bunt. Rundherum befanden sich kleine halbtote Bäume, Grasbüschel, der Hintergarten sah auch nett aus. Und dieses Haus war zu mieten.

Vor ein paar Tagen, als ich aufgelöst mein Leben sortieren wollte, rief ich als Erstes meine Tante Rosie an. Sie war zwar nicht mehr nüchtern zu dieser Uhrzeit, sah das Problem aber sehr nüchtern.

„Ich wusste es. Dem Kerl kann man nicht trauen! Gut, also brauchst du nun eine neue Unterkunft – dort kannst du nicht bleiben."

Nur wenige Stunden später sandte sie mir unzählige Telefonnummern und Kontakte von Maklern. Daraufhin schickte mir eine Maklerin ein Portfolio von diesem bunten Haus. Ich meine, es sah nett aus, etwas zu bunt, doch die Miete war leistbar. Es befand sich irgendwo mitten im Valley.

„Liz, mach jetzt bitte nicht auf Nervenzusammenbruch, komm schon, wir brauchen dich."
„Der Termin ist in zwei Stunden. Und morgen ist der zweite Termin, der wohl wichtigste in deinem beruflichen Werdegang."
„Es ist alles gut", erwiderte ich mit friedlicher Stimme.
Abrupt stand meine Kollegin auf und musterte mich streng. „Vielleicht ist es besser, wenn du nach Hause gehst."
„Nach Hause?" Ich wollte nicht weitersprechen, wollte mich nicht erklären, wollte es nicht laut aussprechen, dass ich seit kurzer Zeit nicht mehr wusste, wohin ich gehörte und dass ich kein Zuhause mehr hätte. Sie würde es nicht verstehen, und es war nicht die Konversation, die man an einem Montagmorgen mit seiner Kollegin führen sollte.

Tatsächlich verließ ich an diesem Tag das Büro lediglich 48 Minuten, nachdem ich gekommen war. Kurz nach dem Verlassen des Stahlgebäudes mit der wuchtigen Glasfront, welches sich mitten in Downtown befand, wählte ich die Nummer der Maklerin.
„Fernandes Immobilien, Guten Tag."

Eine freundliche Stimme mit einem spanischen Akzent begrüßte mich überschwänglich.
„Hi, hier ist Liz, Liz Morgan. Rosie McGraham hat vermutlich schon mit Ihnen gesprochen."
„Liz, ja aber natürlich. Ich habe auch schon ganz tolle Objekte für Sie parat.
„Zum Beispiel, ein Loft." Während sie redete, hörte ich das Umblättern von Papieren. „Nicht unweit von Ihrer Arbeit entfernt. Wenn Sie wollen, können wir es gerne besichtigen. Dieses Objekt ist ganz nach Ihrem Geschmack. Sie werden gar keinen Unterschied zu Ihrem jetzigen Leben merken." Danach trat eine etwas peinliche Stille ein. Dabei dachte ich bloß, vielleicht wollte ich einen Unterschied zu meinem jetzigen Leben merken.
„Ich interessiere mich eher für dieses kleine ‚Domizil' im Valley."
„Das Bunte, welches in der gleichen Straße liegt, in der Ihre Großtante wohnt?"
„Ach? Ist ja interessant, das hat mir Rosie nicht verraten."
„Ja, in der Valerie Street."
Ich musste schmunzeln. „Es ist schon etwas her, dass ich meine Großtante besucht habe, die Straße sagt mir per Namen nichts." Genau ein einziges Mal hatte ich es geschafft, sie zu besuchen, seit sie ins Valley gezogen war. Das war vier Jahre her.
„Nun ja, es ist hübsch. Aber doch etwas ab vom Schuss. Und etwas ganz anderes."

„Ganz anders" galt sicher als Synonym für ganz und gar nicht nach ihrem Geschmack.
„Vielleicht sollten wir uns vorab das Loft ansehen. Sie werden es lieben."
„Ja, vielleicht, aber sehen wir uns zuerst das Haus an."
„Verstehe, also besichtigen wir das Haus im San Fernando Valley."
Wir machten einen Termin für die nächsten Tage aus.

Ich ging nach Hause. Zuerst unter die Dusche, danach machte ich mir einen Kaffee, dann ließ ich meinen Blick durch die Wohnung schweifen.
Ich möchte hier nicht mehr sein. Nicht nach dem, was passiert ist. Ich lief ins Schlafzimmer, nahm meine zwei Koffer und überlegte, welche Klamotten ich am dringendsten benötigen würde.
Ich hatte kein richtiges System beim Kofferpacken, das hatte ich noch nie gehabt. Ich nahm meine Hand und schmiss den ersten Stoß rein. Dann den zweiten, so ging es weiter, bis die Koffer voll waren. Danach legte ich mich aufs Bett, ich war müde – von letzter Nacht, von meinem Leben, von allem. Also schlief ich bis zum Abend. Dann stand ich kurz auf, duschte mich, putzte mir die Zähne und schlief weiter.

2 Tage später

„Du hast ja keine Ahnung, wie sauer er auf dich sein wird."
„Was? Ich bin doch hier oder etwa nicht?!"
„Er wird dich umbringen."
„Hör zu, es war eine echt harte Nacht und ein noch härterer Morgen. Bitte hör auf, mir jetzt ein schlechtes Gewissen zu machen."
„Liz, warst du etwa schon wieder aus?"
Ich gab ihr keine Antwort, sondern rollte mit den Augen.
„Ich weiß, du machst gerade eine schlimme Zeit durch, aber Termine wie diese, ich meine, komm schon, Liz! Du weißt, wie hart wir daran gearbeitet haben."
„Ja, ich weiß. Wie sehe ich aus?"
„Hattest du diesen Hosenanzug nicht gestern an?"
Ich zupfte an dem Oberteil und suchte zugleich in meiner Handtasche nach einem Deo oder irgendetwas, was eine Dusche im Geringsten ersetzen könnte.
„Liz, bitte sei charmant und zauberhaft, so wie wir dich kennen und lieben. Und bitte versuche, da drinnen keinen Nervenzusammenbruch zu bekommen. Ja? Versprichst du mir das?"
Es folgte das Klingeln des Fahrstuhls.
Andrea, unsere ganz in schwarz gekleidete Empfangsdame sprang im selben Moment wie von

der Tarantel gestochen auf und begrüßte die Kunden mit einem überfreundlichen Lächeln.

Im selben Moment öffnete mein Chef mit einem festen Ruck seine Tür und spähte in meine Richtung. Seine Nervosität war nicht zu übersehen, ebenso war nicht zu übersehen, dass er schon wieder denselben viel zu kleinen Anzug trug.

„Liz!" Er winkte mich hastig in sein Büro. Kurz darauf stand ich mit einem fragenden Gesichtsausdruck vor ihm.

„Ja?" Mit einem festen Ruck schloss ich die Tür hinter mir.

„Herr Gott, hast du in deinem Parfüm gebadet?"

„Nein, habe ich nicht. War das die Frage?"

„Nein, natürlich nicht. Ich wollte nur sichergehen, dass du auch vorbereitet bist. Du weißt, was von dem Termin abhängt!"

„Klar."

„Liz, ich meine es ernst, und zudem möchte ich dir sagen, das, was gerade in deinem Privatleben vorgeht, tut mir leid, aber bitte versichere mir, dass du professionell bist und sie alle vom Hocker reißt."

„Ich gebe mein Bestes."

„Davon gehe ich aus."

Zwei Stunden später pustete mein Chef unaufhörlich in sein Asthmagerät und lockerte die Krawatte. Sein Gesicht glühte; ich fürchtete, das Asthmagerät und ich würden die bevorstehende Besprechung nicht überstehen.

Ich saß gegenüber vor ihm, der große glatt polierte Besprechungstisch stand zwischen uns. Der und eine verpatzte Präsentation vor dem wohl wichtigsten Kunden, den wir zu dem Zeitpunkt hatten und danach nicht mehr hatten.

„Liz, kannst du mir erklären, wie das heute passieren konnte?"

Ich wartete ganze drei Atemzüge, bis ich ihm antwortete.

„Na ja, über Geschmack lässt sich streiten."

„Ist es Geschmack, oder hast du dir vielleicht einmal überlegt, ob das der richtige Beruf für dich ist?"

„Wie bitte? Komm schon Will, ist das dein Ernst?"

„Vielleicht liegen deine Stärken woanders."

Er tupfte sich die Schweißperlen von seiner Stirn. Er sah mich dabei nicht an, starrte auf einen Punkt in der Mitte des Tisches.

„Seit drei Jahren gebe ich für diese Firma alles, ich habe mehr Zeit in der Firma verbracht als sonst jemand, ich habe quasi hier gelebt, und du willst mir sagen … Sag mir bitte, dass ich mich verhört habe."

„Weißt du, ich mag dich, Liz, ganz ehrlich, aber ich bin auch Geschäftsmann. Ich muss auf die Bilanz schauen, die Auftragslage ist schlecht, und nun noch schlechter und deine Performance heute … Kannst du mir bitte erklären, was um Himmels willen dich geritten hat."

„Ich war ehrlich."

„Du kannst ihm doch nicht erzählen, er solle aufhören, so hinterwäldlerisch zu leben, das würde keiner kaufen. Liz, das geht nicht."
„Es war die Wahrheit."
„Keinen interessiert die Wahrheit, verdammt, wir sind in LA. Ich glaube, es ist besser, wenn du dir vielleicht eine Auszeit nimmst, über alles nachdenkst, was passiert ist und einen freien Kopf bekommst."
„Das heißt?"
„Liz, dir geht's nicht gut, und wenn sich das in deiner Arbeit widerspiegelt, sehe ich mich gezwungen, die Konsequenzen zu ziehen. Das hier ist die Geschäftswelt, ich bin Geschäftsmann, und ich muss die Konsequenzen ziehen."
„Und die wären?"
Er hatte nicht den Mumm, es laut auszusprechen, stattdessen pustete er wieder in sein Asthmagerät.
„Ich mache es dir leichter, Will. Ich kündige."
Ja, er war erleichtert. Als ich schon fast zur Tür raus war, hielt er mich auf.
„Es tut mir leid, Liz. Aber vielleicht stehst du dir momentan einfach nur selbst im Wege."
„Will, das Einzige, was mir im Weg steht, bist du mit deiner selbstgerechten Art."
Das war das Letzte, was ich zu Will gesagt hatte.
Erleichterung machte sich breit, als ich das Besprechungszimmer verließ. Draußen sah ich in Gesichter mit offenen Mündern. Was daraus

resultierte, dass unser Besprechungsraum so gut wie gar nicht schalldicht war und wir alles andere als leise miteinander gesprochen hatten.

Elise kam als Erste auf mich zu. Sie packte mich am Arm und zog mich in die Kaffeeküche.

„Okay, okay, wir kriegen das wieder hin. Wenn du dich bei ihm entschuldigst, wird er dir verzeihen. Da bin ich mir ganz sicher."

„Entschuldigen? Elise, das ist das Letzte was ich in dem Moment möchte."

„Was hast du jetzt vor? Du liebst deinen Job!"

„Keine Ahnung. Vielleicht beginnt jetzt ein neuer Abschnitt in meinem Leben, und dieser Job gehört nun auch nicht mehr dazu."

Die obligatorische Schachtel mit all dem Zeug, was sich über die Jahre hinweg angesammelt hatte, hielt ich in meiner linken Hand. Mitleidsbekundungen, aufmunternde Blicke und Tätscheleien an der Schulter begleiteten mich bis zum Aufzug.

„Soll ich dich fahren?" Elise folgte mir wie ein Hund.

„Es geht mir gut, Elise. Einen Job zu verlieren, ist nicht das Schlimmste."

„Wenn ich irgendetwas für dich tun kann, dann sag's mir bitte."

Kapitel 4

Herzlichen Glückwunsch
Liz

Denk immer daran: Egal, wie dermaßen bergab es gerade mit deinem Leben geht, es kommt die nächste Familienfeier, die dir vor Augen hält, wie deprimierend dein Leben tatsächlich ist.

Ich muss gestehen, ich war nicht mehr ganz nüchtern, als ich auf der Verlobungsparty meiner Schwester auftauchte. Ich taumelte durch die dunklen Hallen des Roosevelt Hotels und nahm als Erstes den guten Duft, der im Raum lag, wahr. Ich war gerne hier, die dunklen Holzvertäfelungen mochte ich. Ich fühlte mich wie in die 60er-Jahre versetzt. Mein erster Weg führte zu den Toiletten, hier begutachtete ich noch einmal mein Kleid. Mein kleines schwarzes Kleid mit tiefem Rückausschnitt saß etwas locker, aber dennoch passend. Mehrmals fuhr ich mir durch meine frisch geschnittenen Haare, die nun beinahe schwarz waren und um gut fünfzehn Zentimeter kürzer – bis zu den Schultern. Die Frisöse meinte, durch dieses dunkle Mokkabraun kämen meine grünen Augen noch besser zur Geltung. Wie auch immer, mir gefiel mein neues Ich.
Als ich die Toiletten wieder verließ, lief ich direkt in die Arme meiner Großmutter.

„Ja, Liiiiiiiiiiiiiz. Na so was, schön, dass du es nun doch noch geschafft hast. Ich hab's ja schon von Casey gehört. Schlimm! Wirklich! Das hätte ich ihm nicht zugetraut. Ganz schlimm, aber heute hat man es auch nicht leicht."
„Hi Grandma! Sag, wie geht's dir?"
„Ja, der Blutdruck und jetzt hat mein Arzt gesagt, ich soll weniger Fett essen und mehr Bewegung haben. Aber meine Nachbarin hat ganz neue Medikamente dafür bekommen. Vielleicht sollte ich die mal ausprobieren."
„Grandma, du solltest lieber auf deinen Arzt hören. Und ich sollte langsam meinen Platz aufsuchen, sonst wird der Sekt noch warm."
In den dunklen Räumlichkeiten nahmen 108 Gäste Platz. Meine Schwester Casey und ihr Verlobter Daniel waren gerade dabei, alle Gäste mit überfreundlicher Miene inklusive Umarmung zu begrüßen.
Ich wollte lieber still und unbemerkt auf meinem Platz verschwinden. Sekunden nachdem ich Platz nahm, warf ich einen kurzen Blick auf einen Mann, der mit einem überdimensionalen Grinsen in meine Richtung steuerte. Eine witzige Gestalt, die ein gelbgestreiftes Polohemd mit einem gelben Sakko darüber trug. Das Schlimme daran war, dass die Gelbtöne nicht mal im Ansatz die gleichen waren. Mein Blick richtete sich nun weiter auf sein Gesicht, ich sah nur Haare, dichte Haare, die wieder

einmal geschnitten gehörten. Der Mann hatte ein freundliches Gesicht, kein außergewöhnliches, nichts, was einem vielleicht im Gedächtnis bleibt, aber irgendwie nett. Und er war riesig, sicher über eins neunzig und für meinen Geschmack etwas zu dünn.

„Hi, ich bin Noah, ich glaube, das ist mein Platz."
Er deutete auf den Sessel neben mir.
Ich spähte auf das Namenskärtchen. Wortlos gab ich ihm ein Zeichen, er solle sich setzen.
„Wie ist dein Name?"
„Ich bin Liz."
Ich nickte freundlich und winkte den Kellner herbei, um mir ein weiteres Glas Unbeschwertheit zu bestellen.
„Du bist also Liz, hab schon viel von dir gehört."
„Ach wirklich?"
„Ja, von Rosie, ich bin ihr Nachbar, und eigentlich sind wir recht gut miteinander. Meistens donnerstags, wenn wir einen gewissen Pegel an Alkohol intus haben, verstehen wir uns äußerst gut."
„Ich habe Rosie heute noch gar nicht gesehen. Wo ist sie?"
„Ich glaube, sie ist gerade in der Küche und vergewissert sich, ob die Köche auch einen ordentlichen Job verrichten."
„Ja, Rosie eben."
In dem Moment kam sie auch durch den Saal und nahm an dem gleichen Platz wie all die anderen

Tanten Platz.

Plötzlich sagte er wie aus dem Nichts: „Du bist echt wunderschön."

Ich starrte das Sektglas an und nahm einen kräftigen Schluck.

„Deine Augen, Liz, sie sind echt wunderschön, und das Muttermal unter deinem rechten Auge, rundet das Bild auf seine ganz eigene, wunderschöne Art und Weise ab."

„Oh Gott!!! Redest du immer so?!"

„Ähh …" Er räusperte sich verlegen und nahm ebenfalls einen Schluck vom Sekt, woraufhin er fast erstickt wäre.

„Ich meinte ja nur."

„Ich meinte ja auch nur." Ich rollte dabei die Augen.

„Was?"

„Du, du bist eben wunderschön."

„Ist das dein Ernst?"

„Ja."

Der Kellner kam und rettete mich mit einem Drink, den wohl jemand anderes bestellt hatte, der mir aber gerade recht kam.

„Hör zu, du bist ja ganz nett. aber bitte lass solche Sprüche, davon kommen mir nur die Antipasti hoch."

„War es zu plump."

„Ja!"

„Irgendetwas verrät mir, dass du gerade eine harte Zeit durchmachst. Oder ist heute einfach nur ein

schlechter Tag."
„Ach, wie kommst du nur auf so was?" Ich versuchte, die Situation zu überspielen, indem ich lächelte und mich dabei bemühte, glaubhaft auszusehen.
„Deine Augen, sie sehen traurig aus."
Irgendwie war ich fasziniert von seiner Ehrlichkeit. In der Welt, in der wir leben, haben wir uns eine solide Grundmauer an Oberflächlichkeiten mit der obligatorischen Frage „Wie geht's dir?" aufgebaut. Und keinen interessiert es, wie es hinter der Mauer wirklich aussieht. Jeder wartet auf das „Alles gut". Daher überforderten mich seine Ehrlichkeit und sein Interesse dermaßen, dass ich von seinem Sekt nippte, anstatt von meinem Getränk.
„Ich bin einfach bloß müde, war ein harter Arbeitstag."
Ich suchte Blicke in der Runde und wollte dem Gespräch mehr als nur aus dem Weg gehen.
„Na ja vielleicht wird dein morgiger Arbeitstag besser, wirst schon sehen, es gibt solche Tage."
„Klar, wird er besser, ich habe gekündigt – also geh ich davon aus, dass er besser wird."
„Ach das tut mir leid."
„Muss es nicht."
„Ich bin Schriftsteller, aber seit geraumer Zeit will es auch nicht so recht klappen."
„Na ja, dann bin ich wohl nicht die Einzige, die arbeitslos ist."
„Ich bin nicht arbeitslos. Ich schreibe!"

„Echt? Und an was schreibst du momentan?"
„Wie jetzt gerade?"
„Ja, jetzt gerade. Ein Buch, ein Gedicht? Ein Gedicht über Muttermale?"
„Haha witzig. Also jetzt gerade habe ich eine Schreibblockade."
„Aha."
Und so plauderten wir noch weiter bis nach den Vier-Gängen. Danach war ich froh, als wir uns endlich zum Pool ins Freie gesellten.
Die Atmosphäre versprühte Karibikflair. Die weißen Sitzgelegenheiten rund um den beleuchteten Pool, dazu die Feuerkörbe, die etwas Wärme in der doch etwas kalten Juninacht spendeten. Dazu legte ein DJ Reggaebeats auf. Ich schlürfte genüsslich an meinem Mai Tai. Mittlerweile waren mehr als nur unsere Gäste bei dieser Outdoor-Party. Gäste des Hotels und anderweitige Gäste tummelten sich unter uns. Die Gesellschaft lockerte sich; wir nahmen unsere Drinks an der Bar ein. Ich versuchte den ganzen Abend lang, meiner Schwester und ihrer besseren Hälfte aus dem Weg zu gehen. Es gelang mir zunächst, bis sie mir auf der Toilette auflauerte.
„Heeey Liz, Süße, ich habe schon den ganzen Abend lang versucht, mit dir zu sprechen."
„Ach, hey du."
„Du bist so dünn geworden, Liz."
„Ich hatte ziemlich viel Stress bei der Arbeit."
„Ja, wegen deiner Arbeit. Ich habe gehört, was

passiert ist."

„Ich habe gekündigt, mein Gott – es gibt Schlimmeres."

Sie strich mir über die Schulter. „Elise hat mich angerufen, sie meinte, vielleicht sollte ich nach dir schauen."

„Du brauchst mich nicht zu trösten, mir geht es gut."

„Ja?"

„Ja, doch!"

„Und wie gefällt es dir heute?"

„Das Essen war lecker und die Deko – einfach Hammer. Hast du toll organisiert."

„Danke und danke, dass du gekommen bist. Ich weiß, es muss hart für dich sein, mit all dem konfrontiert zu werden."

„Nein! Nein, alles gut."

Ich kramte in meiner kleinen Handtasche nach einem Lipgloss oder Lippenstift, irgendetwas, was mich aus der Situation retten würde, eine Sache, der ich Aufmerksamkeit schenken konnte.

„Uuuuund?"

„Und was?"

„Wie findest du Noah?"

„Wen?"

„Noah. Der Typ, der beim Essen neben dir saß."

„Langweilig."

„Liz, ich bitte dich. Sei nett!"

„Was? War das wieder so ein äußerst kreativer Versuch, mich zu verkuppeln?"

„Ich dachte, er ist ganz nett. Er wäre vielleicht etwas für dich."

„Nett? Ja, er ist ganz nett. Aber ich bin nicht auf der Suche nach etwas Nettem. Danke."

Ich rollte mit den Augen und schob mich an ihr vorbei.

„Liz!"

„Ist doch wahr. Er ist ein arbeitsloser Schriftsteller, der in seiner kleinen Rosamunde Pilcher-Welt lebt. Er ist definitiv nicht der Mann, der mein Typ ist."

„Und wer ist dein Typ Mann? Beziehungsunfähig, Ende zwanzig und reich."

Ich schwieg.

Sie war übers Ziel hinausgeschossen.

Ich packte meinen Lippenstift zurück ins Täschchen und war auf dem Weg, um die Toilette zu verlassen.

„Es tut mir leid, Liz, es war nicht so gemeint, aber ich bin deine Schwester."

„Und sagt eine Schwester so etwas?"

„Nein, aber ich mache mir Sorgen."

„Weswegen?"

„Du solltest mal wieder ausgehen."

„Ich gehe aus!"

„Nicht in das Bett eines Loosers. Geh aus mit einem Kerl, der dich interessiert, der annähernd so intelligent und witzig ist wie du. Einen, der dein Mr. Right werden könnte."

„Lass das bitte meine Sorge sein! Mir geht's gut."

Nachfolgend hielt ich mich an eine alte

Schulfreundin von Casey, eine Freundin, die Feiern noch großschrieb. Vielleicht etwas peinlich, aber immerhin erkundigte sie sich nicht alle fünf Minuten nach meinem Gemütszustand; sie konnte mich einfach unterhalten. Und das war es, was ich brauchte. Unterhaltung, ziemlich gute und einen jungen Mann, bei dem ich heute schlafen konnte, damit ich nicht wieder zurück in das Appartement musste, um mit allem konfrontiert zu werden. Ihr Name war Kathy, sie verschlang die Männer wie keine andere, und sie liebte es.

Die Musik wurde immer lauter und die Drinks immer härter, der Alkoholpegel stieg mit jedem Lied, das der DJ auflegte. Es dauerte nicht lange, da begann ich mit einem ziemlich attraktiven jungen Mann zu flirten. Wir tauschten Blicke aus, und er war drauf und dran, rüberzukommen.

„Kathy, siehst du den süßen Typen neben …"

„Neben der Bar, der mit dem schwarzen Hemd und dem Dreitagebart."

„Ja, genau der."

„Ja, Liz, welcher Frau ist dieser süße Typ nicht entgangen?"

„Ich glaube, er kommt bald rüber."

„Oh, das glaub ich auch, er kommt Liz. Er kommt."

Ich drehte mich zur Seite; nur noch wenige Meter trennten uns voneinander.

Ich setzte schon mal mein schönstes Lächeln auf bis, ja, bis dieser Noah auf einmal aufkreuzte. Nicht

irgendwo an der Bar, nicht neben irgendjemandem, nicht drei Meter neben mir. Nein, 30 Zentimeter entfernt von mir mit einem Glas Sekt, welches er mir hinstreckte und mir dabei ins Ohr schrie: „Weil du so ohne Getränk warst, dachte ich, ich nutze die Gelegenheit."
Etwas irritiert ergriff der Schönling die Flucht.
Irgendwie stand ich unter Schock, ich konnte nicht glauben, was gerade passiert war.
„Mach das nie wieder!", fauchte ich ihn an.
„Hab' ich irgendetwas falsch gemacht?"
„Alles, einfach alles."
Nach diesen Worten drehte ich mich um und versuchte, weit, weit weg von dem Kerl zu gelangen.

An diesem Abend ging ich alleine nach Hause, ich möchte nicht unbedingt sagen, dass es die Schuld von diesem Noah war, aber er trug einen beachtlichen Teil dazu bei.
Es war kurz nach zwei, als mich das Taxi vor meiner Wohnung absetzte. Meine Füße schmerzten dermaßen, dass ich bereits im Fahrstuhl meine High Heels auszog. Barfuß und mit einem leichten Linksdrall steuerte ich auf die Wohnungstür zu, wo mich ein Brief auf der Fußmatte erwartete.
Drinnen schmiss ich Schuhe und Tasche in die Ecke und öffnete den Brief. Es war ein Schreiben von der Kanzlei meines Ex, Jason, in dem stand, dass ich genau eine Woche hätte, um mir eine neue Bleibe

zu suchen. Er gab es mir schriftlich. Unpersönlicher hätte er es wohl kaum machen können.

Wütend wählte ich seine Nummer, das Papier zitterte; ich spürte das Herz in meiner Kehle schlagen.

Seine verschlafene Stimme erinnerte mich daran, dass es kurz vor halb drei Uhr morgens war.

„Ja?"

„Das ist doch wohl nicht dein Ernst?"

„Was?"

„Du schickst mir einen Brief? Einen bescheuerten Brief, dass ich die Wohnung räumen soll? Was bin ich für dich? Arbeit?"

„Liz, du hast es beendet."

„Du hast mich betrogen!"

„Fang nicht schon wieder damit an!"

„Schon wieder? Verdammt Jason, ich werfe dir nicht vor, dass du den Einkauf vergessen hast, ich werfe dir vor, dass du alles, was wir hatten, aufs Spiel gesetzt hast. Was erwartest du, dass ich es vergesse und dass wir glücklich bis an unser Lebensende sind?"

„So etwas passiert, Liz, und ich sagte es bereits, es hatte nichts mit dir zu tun."

„Du kannst es so oft sagen, wie du willst, das macht es nicht ungeschehen. Übermorgen bin ich hier raus."

„Lass es nicht so enden, lass uns noch einmal darüber reden."

„Gute Nacht, Jason."

Kapitel 5

Ein kunterbuntes Haus
Liz

Hätte ich dieses Haus vor ein paar Wochen gesehen, hätte ich gelacht und mich umgedreht. Doch vor ein paar Wochen ahnte ich auch nicht, dass sich mein Leben um 180 Grad wenden würde. Mitten im San Fernando Valley befand ich mich vor einem Haus, welches unweit von der Interstate 405 gelegen war. Dieses Haus stand augenscheinlich für das, wofür ich nie stehen wollte. Es war bunt, alt und irgendwo im Nirgendwo.
Ich weiß nicht, ob ich in dem genannten Moment zurechnungsfähig war. Ich fächerte mir die Hitze mit den Papierunterlagen aus dem Gesicht, und dann kamen plötzlich die Worte „Ich nehme es" aus mir heraus. Ich ergänzte noch: „Wenn man es anders streicht, wirkt es bestimmt angenehmer. Etwas ruhiger."
Die Maklerin, perfekt in einem schwarzen Kostüm gekleidet, stöckelte drei Schritte auf mich zu. Lächelte und gratulierte mir per festem Handdruck zu meinem neuen Heim.

Ich unterschrieb den Mietvertrag und taumelte wie in Trance in mein neues Leben. Ich rollte meine zwei Koffer über die Türschwelle, verschloss die

Eingangstür und saß für die nächsten zwei bis fünf Stunden auf dem Küchenboden und sah einer Kakerlake beim Baden zu.
Ich wusste nicht, woher die Pfütze am Boden kam, vielleicht wollte ich es auch nicht wissen. Aber hier zu sitzen, war für meine Verhältnisse eine äußerst meditative Beschäftigung.
Genau solange, bis mich das Klingeln meines Smartphones dabei unterbrach. Es war die Nummer von Jasons Kanzlei, und im ersten Moment dachte ich, ich hätte etwas vergessen zu unterschreiben oder wer weiß was sonst noch zu erledigen war. Doch wider Erwarten war nicht seine Sekretärin, sondern Jason persönlich in der Leitung.
„Du bist also tatsächlich ausgezogen?", bemerkte er, als hätte er gerade die Erkenntnis des Jahrhunderts erlangt.
„Sieht wohl so aus."
Es tat gut, seine Stimme zu hören, es war so, als wäre nichts passiert, wenn ich die Augen schloss, fühlte ich wie früher. Wie an einem ganz normalen Tag, an einem Tag, an dem er mir mitteilte, dass er bald nach Hause kommen würde, dass ich mich für ein Abendessen fertigmachen solle. Doch als ich meine Augen wieder öffnete, hockte ich in dieser Küche. In diesem fremden Haus, was nun meines war. Und ich wurde traurig, wollte nicht, dass er mich so hörte. Daher sagte ich nichts mehr.
Und als er dann, leise und sichtlich mitgenommen

aussprach „Du fehlst mir", wollte ich nicht weinen, doch ich tat es. Lautlos und mit geschlossenen Augen. Mir fehlte in dem Moment so viel. Mein altes Leben, Jason, jemand, der mich in den Arm nahm und mich für die nächsten Stunden einfach nur festhielt.

Ich fühlte die Angst, die in mir hochstieg, weil ich mein ganzes Leben auf diesen einen Menschen gesetzt hatte. Ich hätte wer weiß was für ihn gegeben und merkte nicht, dass ich dabei war, mich selbst zu verraten.

„Liz, gib mich nicht so schnell auf, du kennst meine Vergangenheit, du weißt, wer ich bin, du weißt, dass du mir alles bedeutest."

Es tat gut, diese Worte zu hören, auch wenn ein Teil von mir wusste, dass auch er Angst vor dem Ungewissen hatte, vielleicht aus Bequemlichkeit, vielleicht, weil er wusste, dass ich immer wieder zurückkommen würde.

„Auf Wiedersehen."

Kapitel 6

Einladungen schreiben
Liz

Der nächste Morgen begann für mich gegen neun Uhr; ich vernahm ein Klopfen an der Tür, das, wie es seit Minuten schien, nicht aufhören wollte.
Kurzerhand warf ich mir meinen Bademantel über und taumelte aus dem Schlafzimmer, Richtung Küchenfenster und bemerkte mit einem tiefen Seufzer, dass Noah wohl tatsächlich hier in der Straße wohnte. An der Art und Weise, wie er gegen die Tür klopfte, konnte ich seine Euphorie förmlich spüren. Eigentlich wollte ich die Tür nicht öffnen. Ich wollte, bevor ich keinen Kaffee intus hatte, sowieso mit niemandem sprechen, tat es der guten Manier halber dann schließlich doch.
An diesem herrlichen Sommermorgen trug er ein hellgrünes T-Shirt, mit dem Spruch „Jackpot", dazu gelb-karierte Bermudas. Er grinste über das ganze Gesicht und bemerkte fast singend:
„Wow, so viele Farben! Sieht echt toll aus, auch von innen. So viel Farbe hätte ich dir gar nicht zugetraut."
„Das war alles schon so."
„Ich finde es toll, strahlt so etwas Positives aus."
„Ach echt? Ja, erinnert irgendwie an deinen Kleidungsstil."

„Was sagst du?"
„Ach nichts."
„Willst du mich nicht einmal herumführen?"
„Will ich das?"
„Na komm schon, Liz, hier sehe ich sogar eine Tür zum Garten."
„Ja, eine Tür, außergewöhnlich, ich weiß."
Er ging durch das kleine Wohnzimmer Richtung Terrassentür, welche in meinen kleinen beschaulichen Hintergarten führte. In meinem Garten, auf dem zwar kein Rasen wuchs; lediglich ausgetrocknete Grasbüschel und ein halb toter Zitronenbaum dahin vegetierte. Weiter rechts neben dem Baum, der wohl auch nicht mehr lebte, waren sogar Gartenstühle und eine Hollywoodschaukel zu finden.

Er stemmte beide Hände in die Hüften und begutachtete das bescheidene Anwesen, fuchtelte dann mit der rechten Hand herum und sagte irgendetwas wie: „Aus dem Flecken können wir eine wahre Oase machen."

Ich folgte seinen Armen und erblickte nur kahle Stellen, er sah eine Oase. Mit großen Schritten bewegte er sich auf die Hollywoodschaukel zu, setzte sich vorsichtig und begann dann, mit beiden Beinen vor und zurück zu schaukeln. Während er seinen Körper bewegte, grinste er übers ganze Gesicht.

Schließlich setzte ich mich zu ihm und blickte auf die zukünftige Oase.

Das Klingeln meines Smartphones unterbrach die Ruhe in der zukünftigen Oase. Meine Schwester war dran, und ich überlegte länger als gewohnt, ob ich das Gespräch überhaupt entgegennehmen sollte. Ich bewegte mich zurück ins Haus und meldete mich schließlich. „Ja."
„Guten Morgen, Schwesterherz."
„Morgen, was gibt's?"
„Ich wollte dich fragen, was du heute so vorhast?"
„Viel."
„Was?"
Ich dachte nach und stotterte herum, bis ich auf keine gute Idee kam. „Keine Ahnung, mein Haus saubermachen und einkaufen oder so." Dabei öffnete ich die leeren Schränke.
„Könntest du das verschieben und mich heute unterstützen?"
„Bei was?"
„Sag ja, bitte, komm schon, bitte, bitte."
„Ja, bei was?"
„Grandma, Tante Mary, Tante Ane und Tante Rosie kommen vorbei, und wir schreiben die Einladungskarten."
„Äh, nein!"
„Liz! Bitte, ich bitte dich nie um etwas nur um das, bitte unterstütz mich, ich will nicht alleine mit den alten Ladies sein."
Ich schloss die Schranktür. Spähte aus dem Küchenfenster zu Rosies Haus und fragte dann noch

einmal nach: „Tante Rosie kommt auch?"
„Ja."
„Wenn das so ist, dann kühl für uns schon mal den Gin ein."
„Liz!"
Nach dem Telefonüberfall steuerte ich in Richtung Schlafzimmer, öffnete meinen ersten Koffer und pickte etwas Anziehbares heraus. Schwarze Hose und dazu ein graues T-Shirt. Irgendwie fühlte es sich an, als wäre ich Gast in diesem Haus.
Ich schmiss den Koffer zu und trat ihn in die Ecke, warf meinen Bademantel auf das Bett und begann mich ausziehen, bis in dem Moment Noah um die Ecke bog.
„Oh wow, ich, äh ich."
„Noah! Raus!"
Nicht schlimm genug, dass dieser Mensch dauernd in den ungünstigsten Momenten auftauchte, nein, jetzt sah er mich auch noch halbnackt.
Er bewegte sich mit geschlossenen Augen retour, rannte kurz gegen den Türrahmen und verschwand in jene Richtung, aus der er hergekommen war.
Fünf Sekunden später folgte ich ihm. Er saß wieder auf der Hollywoodschaukel und wippte.
„Ich muss dann los, mal ein paar Sachen kaufen."
Erklärte ich ihm, sichtlich peinlich berührt von dem Vorfall.
„Ein bisschen shoppen?" Auch er war ein wenig peinlich berührt, starrte seine Füße an, während er

mit mir sprach.
„Ja, aber eher Lebensmittel."
„Na gut, ich werde dann gehen."
Er bog gleich in den Garten meines Nachbarn ein und winkte mir bloß zum Abschied, ohne mich dabei anzusehen.
Ich rannte in das Schlafzimmer, holte meine Tasche und vernahm, dass ich wieder eine Nachricht auf meinem Handy fand.

„Reden wir bei einem Essen? Oder fahren wir übers Wochenende weg?
Ich möchte alles mit dir machen."
„Worüber reden?"
„Über uns?! Ich dachte du bist anders, ich dachte, du gibst nicht so schnell auf."

Als ich die Tür daraufhin hinter mir zusperrte, in den Wagen stieg, versetzte es mich wieder einmal von einem Tag in den anderen in die Vergangenheit. Seine Stimmung änderte sich wie das Wetter in der Karibik im Winter. Dort kann es von einer Minute auf die andere in Strömen regnen und 20 Minuten später wieder die Sonne scheinen.
Den Wagen, den ich in dem Moment aufsperrte, war ein Mustang Shelby GT500, schwarz. Es war ein Geschenk von Jason, eigentlich ein nettes Geschenk, hätte er nicht zuvor auf meinen Gefühlen herumgetrampelt.

Wir waren gerade ein halbes Jahr zusammen gewesen, zu jener Zeit, als die Brille so rosarot schien, dass ich fast die Schmetterlinge im Bauch auch bildlich vor mir sah, traf es mich wie ein Schlag, als er seine Ex-Freundin zu einem Essen ausführte, sie daraufhin ein wunderhübsches „verliebtes" Foto auf Facebook postete. Ich stellte ihn wutentbrannt zur Rede.

Er teilte mir mit einem Lächeln, das für „Reg dich ab" stehen sollte, mit: „Hör zu, wir haben nie darüber geredet, wir sind ja in keiner fixen Beziehung. Oder? Ich meine, ich wusste das nicht, wenn es so ist, bei mir geht das nicht so schnell. Ich weiß noch nicht, ob ich verliebt oder so in dich bin."

Daraufhin wollte ich ihm mit irgendetwas den Schädel einschlagen. Zu seinem Glück befand sich neben mir nur das Sofakissen. Aber dieses schmiss ich voller Inbrunst nach ihm.

Zudem verließ ich seine Wohnung und nahm seine Anrufe nicht entgegen. Irgendwann war ihm dann aufgefallen, dass er vielleicht einen Fehler gemacht hatte. Da kam er mit diesem Wagen an. Und ganz ehrlich, zu dem Zeitpunkt freute ich mich über den Wagen, über diesen Sportwagen, der etwas hermachte. Doch im jetzigen Moment, rückblickend, wollte ich nur, dass er mir einmal zeigte, was ich ihm wert war. Aber nicht mit einem materiellen Gegenstand. Es bedeutete mir nichts mehr, diesen Wagen zu fahren, es erinnerte mich nur einmal mehr daran, dass er sich damit gut fühlte.

Ich startete den Motor, machte die Klimaanlage an, bereits jetzt, am Vormittag, hatten wir über 30°C. Acht Fahrminuten später erreichte ich den nächstgelegenen Supermarkt. In meinem Einkaufswagen befanden sich neben Kaffee, Mandelmilch, Bananen, Joghurt, Brot, Käse, Nudeln und Chips nun auch eine Kaffeemaschine und eine Pfanne. 200 Dollar später schob ich den Einkaufswagen Richtung Auto und packte die Tüten in den Kofferraum.

Ich balancierte mit den Tüten Richtung Eingang, dann fiel die erste und kurz darauf die zweite Tüte. Schließlich war ich in der Küche und war dabei, alles an seinem Platz zu verstauen. Und mit einem Schlag überkam es mich: Vor etwas mehr als zwei Monaten hatten wir gemeinsam die neue Küche in unserer ersten gemeinsamen Wohnung eingeräumt. Es war der Beginn von einem neuen Leben, hatte ich geglaubt, und dabei war es der Beginn vom Ende gewesen.

Ich nahm die erste Tüte und versuchte, meine Gefühle zur Seite zu schieben, doch als ich dabei war, mir mein neues Leben einzurichten, die Nudelpackung in den Schrank sortierte, bemerkte ich nun, wie das alles hier zu meinem neuen Leben wurde.

4 Stunden später …

„Ich brauch aber noch ein Glas."
„Du hattest schon drei."
„Wenn du willst, dass ich weiterhin diesen Spruch auf dieses duftende Papier schreibe, dann schenk mir bitte ein."
„Liz, ich möchte, dass meine Gäste noch etwas lesen können, wenn sie diese Einladungen sehen."
Sie hielt die Einladung hoch in die Höhe und blickte auf uns herab.
Alle legten die Stifte kurz zu Seite und stierten mit angehaltenem Atem hoch.
Man bekam kurz Angst, als sie mit ihrer herrischen Tonlage sagte: „Liz, ich meine es ernst."
„Wenn sie sich anstrengen, dann können sie das auch lesen."
„Bei dieser Einladung kann ich nur Hieroglyphen deuten."
„Hier habe ich mir besonders Mühe gegeben, das war noch eine meiner schönsten."
„Liz, schreib schön, ich weiß, du kannst das."
„Ich finde, das ist eine subjektive Wahrnehmung, ich finde es schön, und Tante Rosie findet es auch ganz schön."
„Ja, ich finde das großartig, Kindchen. Ich meine, mein Arzt, Dr. Meyer, wenn der mir ein Rezept verordnet, frage ich mich auch jedes Mal, ob die mir dann wohl die richtigen Tabletten über den Tisch

schieben. Aber sie wirken, also gehe ich davon aus. Also gieß uns ein, und wir schreiben brav weiter."
„Danke, Tante Rosie!"
„Immer gerne."
„Hier, aber das ist das letzte Glas, und ihr bemüht euch dann bitte."
Jetzt brachten sich meine anderen Tanten ein.
„Also Liz, hast du jetzt einen Freund, der dich begleiten wird?"
„Was ist mit dem hübschen Mann? Der hat ja immer so viel zu tun oder? Noch nie hast du ihn uns vorgestellt."
Rosie sah mich an, und ich konnte an ihrem Blick lesen: Soll ich antworten?
Doch ich deutete kurz mit dem Kopf, lächelte in mich hinein und antwortete kurz darauf: „Nein, ich finde den Weg zur Hochzeit auch ohne Mann."
„Ja, aber wie schaut denn das aus, ein Mann gehört schon her." Das meinte Tante Ane, sie war verheiratet seit dem Zweiten Weltkrieg. Okay, nicht ganz, aber es schien so. Früher war das eben so, da ging man einmal aus. Verliebte sich mit 16 Jahren, heiratete mit 17 und war noch immer verheiratet.
„Ane, lass das arme Mädchen in Ruhe, ich meine, es ist nicht mehr wie früher, wo man den Erstbesten angelacht hat und dann bist du schon schwanger geworden", mischte sich Tante Mary ein.
„Na na, so war es dann auch wieder nicht."
„Als ob du und Frank jemals verliebt gewesen

wäret."

„Natürlich waren wir verliebt."

„Also ich sag dir eines, heutzutage gibt's nur mehr solche verweichlichten Männer, die sich die Beine rasieren und die Augenbrauen zupfen."

„Ah, deshalb findest du keinen Mann, Mädchen?"

„Früher hat's noch echte Männer gegeben, so richtige, aber heute sitzen sie zuhause und schauen andauernd auf ihr Smartphone. Wählen Mädchen aus als würden sie eine Pizza bestellen."

„Ja, vielleicht ist unsere liebe Liz auch zu anspruchsvoll", brachte sich meine Schwester ein. Sah mich aber nicht an und blickte bloß mit hochgezogenen Augenbrauen auf die Einladungen.

„Ach was, was soll sie machen? So eine verweichlichte Memme nehmen, die im Grunde noch in der Grundschule hängen geblieben ist und das Essen von der Mama auf den Tisch gestellt bekommt?"

Ja, das waren die Konversationen, die mich auf eine Art amüsierten und mich innerlich schon auf die Hochzeit einstimmen sollten.

Plötzlich verspürte ich das dringende Bedürfnis, frische Luft zu schnappen. Ich verschwand fast unbemerkt auf die Terrasse. Es lag der Geruch von Sommer in der Luft, vielleicht auch der Geruch von Barbecue. Caseys Nachbarn waren gerade dabei zu grillen, und ich winkte freundlich zum Gruß,

obwohl ich die Gruppe gar nicht kannte. Dann wandte ich ihnen den Rücken zu und nahm auf einem der Liegestühle Platz. Die Abendsonne färbte den Himmel rosa. Ich hörte Gelächter aus der Küche und vernahm Schritte. Rosies Schritte. Sekunden später ertönte das Knarren der Terrassentür.
„Lass sie reden, Kind."
„Mach ich doch."
Ich sah weg, auf den perfekten kurz gemähten, sattgrünen Kunstrasen.
„Hör auf zu schmollen."
„Mach ich nicht!"
„Ach Gott, du bist deinem Vater ja so verdammt ähnlich."
Ich rollte mit den Augen und fragte sie dann: „Wieso sagst du das?"
„Einfach, weil es die Wahrheit ist."
Sie setzte sich auf den zweiten Liegestuhl und kramte eine Schachtel Zigaretten aus ihrer Weste. Zündete eine an und hustete.
„Und aussehen tust du wie deine Mutter, als wäre sie hier."
Ich setzte mich auf, nahm eine Zigarette aus ihrem Päckchen und zündete sie mir an.
„Du sollst doch aufhören zu rauchen Rosie."
„Sagt wer?"
„Dein Arzt und ach ja, ich."
Sie kniff ihre Augen zusammen, ihre Mundwinkel formten ein Lächeln. So schien es zumindest.

„Liz, es ist nicht schlimm, mal traurig zu sein."
„Ich glaube, die Einladungskarten warten wieder auf uns."
„Okay, wir müssen nicht darüber reden."
„Stimmt, müssen wir nicht."

Kapitel 7

Ein neuer Morgen
Liz

Irgendwie versuchte ich, den vergangenen Tag aus meinem Gedächtnis zu streichen. Ich bemühte mich, meine Gedanken zu kontrollieren, während ich im Bett lag, meinem neuen Bett in meinem neuen Leben. Blickte aus dem Fenster, sah der Sonne beim Aufgehen zu und sah doch ins Leere. Es war masochistisch und dumm zugleich, mich im nächsten Moment mit dem Facebook-Profil von Jason zu quälen. Während ich mich durch seine Fotos klickte und versuchte, herauszufinden, wer das eine Mädchen war, das den letzten Stein ins Rollen gebracht hatte, erhielt ich eine Freundschaftsanfrage inklusive Nachricht von Noah. Wie im echten Leben, so auch in der virtuellen Welt, ging ich auf „ignorieren", was ihn anscheinend nur noch mehr anspornte, mich mit Nachrichten zu bombardieren. Fluchtartig verließ ich die virtuelle Welt und lag noch für zwei Stunden im Bett. Es war 07:30 Uhr, für gewöhnlich war es die Zeit, in der ich zur Arbeit hetzte, mich über den Verkehr ärgerte und im Büro angelangt, mich schließlich durch die 100 Mails kämpfte. Es war ungewohnt, nicht das Frühstück, während ich zum Wagen hetzte, runterzuschlingen.

Ich beäugte die Küche wie einen Eindringling, doch eigentlich war ich es, die hier nicht hingehörte. Die Fremde in diesem Raum. Ich lehnte mich an die Anrichte und genoss für einen Moment die Stille.

Vielleicht war es nicht besonders intelligent, aber ich wusste, irgendwann musste ich meine Kisten auspacken, die die Umzugsfirma vorgestern ins Wohnzimmer gestellt hatte. Wenn ich sie öffnete, dann öffnete ich zugleich die Tür in meine Vergangenheit. Und vielleicht war dies mein innerlicher Selbstmanipulationsversuch, damit ich zumindest noch das Gefühl hatte, hier nur als Gast zu wohnen. Mein „neues" Leben sollte noch ein bisschen warten. Mechanisch und wie fremd gesteuert, schlichtete ich mein Zeug in die Kästen. Bücher ins Bücherregal, die restlichen Bücher legte ich wie Dekoration auf den übergroßen Couchtisch. Dazu kamen meine Kerzen auf den Tisch. Die bunten Kissen auf die weiße Couch, die senffarbene Decke dazu. Zwei Kisten voller Klamotten schob ich in das Schlafzimmer, meine Motivation hatte sich gelegt. Wichtiger war es hingegen, die Hängematte im Wohnzimmer zu montieren. Kurzerhand lief ich quer mit meinem Pyjama über die Straße und klingelte bei Rosie.
Als Erstes stieg mir eine enorme Rauchwolke entgegen, als sie mir die Tür öffnete.
„Ja, Kindchen, was verschafft mir so früh die Ehre."

„Morgen." Ich fuchtelte mir den Rauch aus dem Gesicht.
„Borgst du mir bitte deine Bohrmaschine?"
„Was hast du vor?"
„Ach, ich muss nur etwas befestigen."
Sie machte sich auf den Weg zum Abstellraum; ich ging derweil durch die Küche, Richtung Wohnzimmer, Richtung Kommode, wo all unsere Bilder gerahmt standen. Nahm das von Mom, Dad, Casey und mir.
„Schon lange her."
Rosie riss mich aus den Gedanken, ich drehte mich zu ihr. Sie hatte in der einen Hand die Bohrmaschine, in der anderen Schrauben.
„Danke, aber ich brauche nur die Bohrmaschine."
Ich nahm sie ihr aus der Hand und war schon fast zu Tür raus, da rief sie mir nach.
„Vergiss das Essen heute nicht."
„Welches Essen?"
„Das bei deiner Schwester."
„Ach ja und vergiss Noah nicht."
„Wieso kommt er auch mit?"
„Weil er eingeladen ist."
Ich rollte mit den Augen und rief Rosie noch zu: „Noah und ich sind dann so um 19 Uhr bei dir?"
„Ja, alles klar, bis heute Abend."
Zurück im Wohnzimmer betrachtete ich die türkisfarbene Wand, an der linken Wand standen die Couch und ein Beistelltisch, hier hatte die

Hängematte keinen Platz. Rechts davon bot sich jedoch ein Plätzchen an, direkt vor dem Fenster, welches in den Garten zeigte.

Ich studierte kurz die Betriebsanleitung, holte die Stehleiter und bohrte schon das erste Loch in die Decke. Mit dem dazugehörigen Equipment.

Rosie lehrte mir einiges in meinen frühen Kindertagen, meine erste Bohrmaschine hielt ich bereits mit zehn Jahren in der Hand, mit elf mixte ich die erste Margaritha. Von Heimwerken und Cocktails konnte man mir nichts erzählen. Eine erste unsichere Sitzprobe folgte. Als ich mir sicher war, dass sie hielt, ließ ich mich ganz fallen; in dem Moment überkam mich wie aus dem Nichts das Gefühl: Ich vermisste ihn, jeden Tag noch mehr. Es war bedrückend. Also beschloss ich, etwas dagegen zu unternehmen. Ich wollte Bob Marley hören und dazu standesgemäß etwas rauchen.

„I've been watching you
A lalalala long …"

Mit meinem Pyjama, dem Joint und Rhythmus im Blut begab ich mich schließlich auf die Veranda. Meine Hüften wollten gar nicht mehr aufhören zu kreisen. Als ich hochblickte, sah ich, wie die morgendliche Nordic Walking-Runde ihre Kreise zog. Lautlos und mit einer anmutigen Winkbewegung grüßte ich die Damen. Die Truppe starrte mich bloß mit offenem

Mund an, und ich schwöre, ich konnte sie denken hören: Raucht sie gerade wirklich einen Joint? Um diese Uhrzeit?
Der Nordic Walking-Truppe zu Ehren drehte ich die Musik noch extra hoch und sang wieder inbrünstig mit.

„I look in your eye-ye-ye-ye-eyes,
I'm lookin' in your big brown eye-yes, ooh ya
now got this to say to you, yeah ..."

Nach meiner Einlage applaudierte mir Noah und schrie über den Gartenzaun hinweg:
„Du bist eine wahre Inspiration! Weißt du das eigentlich?"
Auch ihn grüßte ich anmutig, und so tanzte ich wieder ins Haus hinein. Legte mich auf die Couch und überlegte, was ich an diesem herrlichen Tag alles noch machen könnte. Als Erstes ein richtig amerikanisches Frühstück. Ich schnupperte an der Milch, die noch genießbar roch. Eier waren auch genug im Haus; so schnitt ich die Zwiebel in kleine Würfel. Briet sie an und goss die Eimasse darauf. Genüsslich verspeiste ich es. Danach nahm ich noch zwei Sandwichscheiben und bestrich diese extra dick mit Erdnussbutter. So viel hatte ich in den letzten Tagen zusammen nicht gegessen. Mit dem Erdnussbutter-Sandwich schlenderte ich wieder zur Hängematte. Während ich die Decke beobachtete,

dachte ich eindringlich nach, was ich noch machen könnte.

Da beschloss ich, die Kirche aufzusuchen. Das machen Menschen doch für gewöhnlich, wenn sie in einer Krise stecken.

Dank Rosie, die mein Beifahrer war, hörte ich für die nächsten 38 Minuten:

„Rot, es wird rot."

„Grün, wir können fahren."

„Bremsen, bremsen, es wird orange."

„Bremsen, der vordere Wagen bremst auch."

Ich sagte nichts, innerlich schrie ich: „Ach Gott, ich sehe es ja!"

Irgendwann erreichten wir schließlich die Kirche.

Rosie tratschte mit ihren Bekannten, ich saß alleine auf einer Bank.

Versuchte, mich zu erinnern, wann ich das letzte Mal in einer Kirche gewesen war. Vermutlich, als Mom beerdigt wurde, dachte ich. Jedenfalls schon ein ganzes Weilchen her. Jetzt hörte ich Schritte, mehrere Schritte, ich blickte über meine rechte Schulter und sah, wie Rosie, begleitet von drei Frauen, auf mich zusteuerte.

Die Erste, ganz floral bekleidet und mit Hut, begann noch aus drei Metern entfernen zu sprechen:

„Hallo Liz, wir haben dich ja schon ewig nicht mehr gesehen."

Ich versuchte gar nicht, mich daran zu erinnern, woher ich diese Frau kennen könnte.

Und die nächste Dame, ganz in Blau, sagte dann: „Bist du das, die jetzt alleine in dem bunten Haus wohnt, deren Ex-Freund abgehauen ist?"
Dies von einer wildfremden Person unter die Nase gerieben zu bekommen, ist noch mal ein ganz anderes Level.
Ich nickte stumm und sah dann Rosie an. Deren schlechtes Gewissen ich deutlich bemerkte.
„Ja, aber wird wieder werden, hier gibt's ja auch ganz tolle Männer. Noah, hast du Noah schon kennengelernt."
„Ja, den kennt sie schon", warf Rosie ein.
„Der ist doch ganz reizend", rief die Dame mit dem Hut.
„Also wenn ich jünger wäre", ergänzte die Frau im blauen Zweiteiler.
„Ja und so schöne, dichte Haare", fand die andere, die einen ganzen Kopf kleiner als Rosie war, schätzungsweise vielleicht ein Meter fünfzig oder noch kleiner.
Die Frau mit Hut bemerkte: „Und ein berühmter Schriftsteller ist er auch."
Ich griff mir kurz an die Stirn und drehte mich dann wieder Richtung Altar. Schloss meine Augen und faltete meine Hände.
Ich hielt meine Augen so lange geschlossen, bis die Stimmen der Damen inklusive deren Körper nicht mehr in der Kirche waren.
Danach setzte sich Rosie zu mir. „Tut mir leid."

„Was?"
„Na, das mit deinem Ex. Er ist ein Vollidiot, und wenn ich ihn noch einmal sehe, dann weiß ich noch nicht, was ich mit ihm machen werde."
Ich schloss wieder die Augen. „Ist schon gut."

Kapitel 8

Wandern gehen
Noah

Nachdem Liz am letzten Tag furchtbar aussah, beschloss ich, irgendetwas zu unternehmen, was ihre Stimmung aufheitern könnte. Irgendetwas Positives. Ich durchforstete diverse Suchmaschinen nach dem besten Rezept, um ihrer depressiven Stimmung den Kampf anzusagen. Neben zahlreichen Medikamenten, welche die Stimmung aufhellen sollten, las ich, dass es förmlich wahre Wunder bewirken sollte, wenn man an die frische Luft ginge. Diese Erklärung schien mir logisch und plausibel. Ich zögerte nicht lange und schritt mit meiner Wander-Montur inklusive Puls-Uhr, welche ich vor etlichen Monaten gekauft und noch nie gebraucht hatte, zu ihrem Haus. Meine Jogginghose war etwas kurz, bemerkte ich, als ich die Haustür versperrte. Das letzte Mal hatte ich mich mit 17 Jahren sportlich betätigt. Anschließend hatte ich wohl noch einen gehörigen Wachstumsschub bekommen, daher hatte sie jetzt etwas Hochwasser. Aber abgesehen davon passte sie wie angegossen, anscheinend hatte ich seit der High-School auch kein Gramm zugenommen. Wobei mir ein paar Muskeln nicht schaden würden. Überschwänglich hüpfte ich die drei Stufen ihres Hauses empor und war bereit, die Gegend abseits der Straßen so richtig in der Natur zu erkunden. Bestimmt klopfte ich gegen ihre Haustür. Währenddessen dehnte ich mich schon und wartete, dass sie mir die Tür öffnete.

Und da war sie auch schon an der Tür. Ganz in Schwarz, also beim näheren Betrachten war es ein schwarzer Pyjama. Es war bereits 2 Uhr am Nachmittag; und sie trug noch ihren schwarzen Pyjama, was mir ein wenig zu denken gab.

„Los anziehen!"

„Weil?"

„Erstens, weil es bereits zwei Uhr am Nachmittag ist; und zweitens, weil wir wandern gehen."

„Ach so, wir gehen wandern?"

„Sieh dir das Wetter an, es ist herrlich!"

„Wie jeden Tag. Ja, guten Morgen, wir leben im Kalifornien."

Und mit einer galanten Handbewegung schmiss sie auch schon die Tür zu.

„Aber im Winter regnet es auch! Vergiss das nicht!"

Als ich so die Tür anschrie, stemmte ich beide Hände in die Hüfte und nickte mit dem Kopf, als hätte ich gerade eine enorme wissenschaftliche Erkenntnis erlangt.

Da brüllte Rosie von der anderen Straßenseite: „Redest du jetzt mit der Tür über das Wetter?"

„Hi Rosie!" Ich joggte über die Straße und gesellte mich zu ihr auf die Veranda.

„Auch einen Bourbon?"

„Ich glaube, heute eher nicht, wir gehen noch wandern."
„Wir?"
„Ja, Liz und ich."
„Woher bist du dir da so sicher? Bisher sehe ich nur dich in Leggins."
„Das sind keine Leggins. Das ist eine Sporthose."
„Wie auch immer, du siehst aus wie ein Mädchen in diesen Strumpfhosen."
„Das ist eine atmungsaktive Stretch-Hose."
„Ja. Für ein Mädchen."
„Rosie, Bitte." Ich gab ihr mit der Hand ein Zeichen, dazu lächelte ich.
„Rosie, wann hast du das letzte Mal Sport gemacht?"
„Ist noch nicht so lange her, vor ein paar Wochen bin ich mal mit den anderen Oldies mit den Stöcken gegangen. Wie heißt das schnell."
„Ja, ich weiß schon, was du meinst."
Wir beide, Rosie und ich, sonnten uns nun auf der Veranda. Ich bin kurz eingeschlafen und Rosie anscheinend auch. Dann vernahm ich einen Schatten, es war tatsächlich Liz, die in einer Dreiviertel-Sporthose und einem Tank Top vor mir stand.
Ich blinzelte dreimal und hielt mir eine Hand vors Gesicht, um etwas zu erkennen.
„Ich dachte, wir gehen wandern?"
Ich rieb mir kurz über das Gesicht und setzte mich dann gerade auf.
„Ja, klar."

Sie zückte ihr Smartphone aus der winzigen Umhängetasche und sagte dann:
„Ich will zu den Santa Monica Mountains."
„Wo immer du hinwillst!" Antwortete ich halb verschlafen, dabei streckte ich mich.
Rosie schlief noch immer.
Sie klatschte in die Hände, woraufhin Rosie aufwachte und erschrocken nach links und rechts blickte.
„Liz! Hab ich mich erschrocken!"
„Sorry, Rosie." Sie tätschelte den Fuß von Rosie und wandte sich wieder mir zu.
„Los, komm, ich will wandern. Auf jetzt!"
Etwas schneller, als mir lieb war, bretterten wir über die Straßen, quer durch das Valley. Liz war am Steuer, sie nahm es mit den Verkehrsbeschränkungen nicht so eng. Ich trat mehrmals auf die Fußmatte und wollte mitbremsen.
In weniger als einer Stunde waren wir dann auf dem Parkplatz. Als ich das Auto verließ, ergriff ich noch schnell die Gelegenheit und cremte mir das Gesicht mit Sunblocker ein.
Liz rollte nur mit den Augen und schmiss die Wagentür zu.
Ich bemerkte: „Du trägst ja auch eine Kappe."
Meine. Meine LA Lakers Kappe, um genau zu sein.
„Ich sag ja gar nichts."
Sie lief voran. Füllte ihre Flasche noch mit frischem Wasser von den Wasserstationen auf und wartete,

bis ich kam.

Es war ein herrlicher Tag im Juli. Nicht zu heiß. Wir hatten um die 30 Grad, doch es kam mir weit weniger vor. Wir waren an einer Gabelung angelangt, an der wir uns zwischen zwei Routen entscheiden konnten. Die eine dauerte zwei Stunden und die andere vier.

Es war bereits halb vier am Nachmittag, und wir waren beide nicht gerade sportlich, daher reichte uns die zweistündige Route vollkommen.

Die Wege waren zwar ausgetrocknet und braun, doch, wenn man links und rechts blickte, sah man Grün, viel Grün. Erstaunlich viel Grün für Kalifornien, ich meine klar, in Beverly Hills sah man auch viele grüne Rasen, die täglich gegossen werden, doch hier, das war anders. Natürlich und ungekünstelt.

Nach etwa fünfzehn Minuten entdeckten wir ein Schild mit einer Schwarzweiß-Abbildung von einem Haus. Es hatte hier bis vor einigen Jahren gestanden, bis es von einem Waldbrand zerstört worden war. Liz ging die Stufen hinauf. Nichts von dem Haus war mehr übrig, lediglich der Boden aus Beton und Öfen, zahlreiche Kamine, fünf oder sechs fanden wir. Jetzt wuchsen hier Bäume und Palmen, wo früher einst eine Familie oder wer auch immer gelebt hatte.

Liz fotografierte den Kamin und die alte Mauer, die links daneben noch übrig war. „Irgendwie traurig." Ging dann an mir vorbei und wieder bergab zum

ursprünglichen Weg, der uns ja irgendwann zu einem Wasserfall bringen sollte.
Wortlos wanderten wir und sahen uns die Gegend an, rechts von uns befand sich ein Abgrund, wo unzählige Bäume, Büsche und Palme emporwuchsen. Links von uns und geradeaus waren die Berge zu sehen. Je weiter wir voranschritten, desto näher kamen wir zu dem Punkt, an dem wir das Meer sehen konnten. Strenggenommen, erkannte nur Liz das Meer. Ich sah immer nur den Himmel, der dem Meer ja so verdammt ähnlichsieht.
„Da, siehst du es nicht?! Da! Weiter links!" Liz drehte meinen Kopf mit einer liebevollen Bewegung in die richtige Richtung.
Ich sah das Meer trotzdem nicht, aber mir gefiel, dass sie mir nun so nahe war.
Sie stellte sich auf Zehenspitzen und wollte sich vergewissern, ob sie meinen Kopf in die richtige Richtung bewegt hatte.
Dabei drehte ich meinen Kopf zu ihr. Wir schauten uns etwas länger als gewollt in die Augen. Mein Atem stockte, sie war so hübsch, und ich wollte sie in dem Moment küssen, und da tat ich es. Ich küsste Liz.
Es war ein kleiner, zärtlicher Kuss, den sie erwiderte. Doch im nächsten Moment stieß sie mich weg.
„Mach das nie wieder!" Wobei das Gesagte und der Ton nicht zusammenpassten, ebenso wenig ihre Körpersprache. Die verriet das Gegenteil.

Doch ich sagte nichts, war von dem Moment noch geflasht.
Und so ließ sie mich zurück. Sie ging schnell weiter und starrte zu Boden.
Ich folgte ihr wortlos mit einem breiten Grinsen auf den Lippen.
„Liz, irgendetwas stimmt nicht, ich glaube, mein Puls ist zu hoch oder zu niedrig. Er pfeift."
„Lass mal sehen." Sie drehte um, ging drei Schritte auf mich zu und hielt die Hand offen.
Behutsam wie ein rohes Ei reichte ich ihr die Uhr. Im nächsten Augenblick sah ich sie über die Hügel gleiten.
„So! Jetzt nicht mehr." Dabei tätschelte sie mir den Oberarm.
„Sag mal geht's noch?! Das hast du jetzt nicht wirklich gemacht."
Ich blickte auf den grünen Wald, in dem jetzt wohl meine Uhr irgendwo zu finden sein musste.
„Du wolltest doch, dass es aufhört zu pfeifen."
„Die Uhr kontrolliert meinen Puls."
„Hast du irgendwelche gesundheitlichen Probleme?"
„Noch nicht!"
„Die wirst du in den nächsten 45 Minuten auch nicht bekommen, wir wandern bloß."
„Liz, du kannst trotzdem nicht einfach meine Uhr über den Berg schmeißen."
„Du willst doch Muskeln bekommen. Dies wäre eine gute Gelegenheit. Na los, beweg dich!"

Sie klatschte in die Hände und scheuchte mich vorwärts.

„Liz! Du kannst fremdes Eigentum nicht einfach so behandeln."

„Ja und du willst nicht mehr aussehen wie ein 14-jähriges Mädchen in Leggins, das gerade auf dem Weg zum nächsten Justin Bieber-Konzert ist."

„Was?"

„Na also, beweg dich!"

„Was?"

Sie ging weiter, ohne auch nur einen Gedanken daran zu verschwenden, sich bei mir zu entschuldigen.

Schließlich gab ich nach und folgte ihr wieder. „Ist schon gut, du hast zwar gerade meine Uhr über den Berg geworfen, aber ich werde trotzdem noch nett zu dir sein."

„Musst du nicht."

„Bin ich aber."

„Gib dir keine Mühe!"

Kapitel 9

Verantwortung übernehmen
Liz

Gegen 8 Uhr morgens wälzte ich mich aus dem Bett und sprang unter die Dusche. Suchte mir anschließend etwas Passables zum Anziehen, etwas Schwarzes. Schwarze Hose, schwarzes Shirt. Nahm meine Handtasche und machte mich auf den Weg in die Stadt. Kurz gesagt, an diesem Morgen hatte ich Großes vor.

Gestern Abend hatte ich meinen Kontoauszug studiert, wieder und wieder. Und so oft ich ihn auch ansah und so viel ich rechnete, mir ging das Geld aus. Mit Geld konnte ich noch nie umgehen, sehr zum Leidwesen meines Kontos, das zu diesem Zeitpunkt nur ein knappes Plus verzeichnen konnte. Also kam ich auf eine glorreiche Idee. Durch das Küchenfenster beäugte ich meinen Wagen, der wohl das wertvollste war was ich derzeit besaß. Vierzig Minuten später verkaufte ich den Wagen an Karl, dem Autohändler zwei Straßen weiter. Für ein wenig Geld kaufte ich mir diesen schäbigen, urealten Chevrolet.
Dieser Wagen brachte mich anschließend ins Jobcenter. Dort angelangt teilte mir eine ziemlich unfreundliche und schier menschenfeindliche

kleine Person, die ihre Brille ganz vorne auf der Nasenspitze trug, mit: „Und was stellen Sie sich vor? Miss Morgan?"
„Puh, also …"
Ich sah mich weiter im Raum um, versuchte, irgendetwas Persönliches von dieser Person zu entdecken. Doch es wirkte so, als wäre sie selbst Gast in diesem Büro.
„Nun, ja ich suche etwas, das Spaß macht."
„Spaß?"
Sie wiederholte meine Antwort, so, als hätte ich gerade gesagt, ich würde gerne Gras auf der Straße verkaufen wollen.
„Wissen Sie, wann ich das letzte Mal Spaß bei meiner Arbeit hatte?"
Niemals?
Ich schüttelte den Kopf und wartete auf die Antwort.
„Ich hatte das letzte Mal Spaß bei der Arbeit, da waren die Beatles noch auf Tour."
Ich nickte stumm und sagte daraufhin: „Aber Sie hatten einmal Spaß."
Sie starrte mich durch ihre kleine Brille weiterhin furchteinflößend an und tippte wieder hastig in die Tasten. „Miss Morgan, es sind ca. 10.000 Jobs in der Stadt für Ihre Position frei, ich würde vorschlagen, Sie aktualisieren Ihren Lebenslauf, und dann finden Sie einen Job. Der Spaß wird schon kommen. Spätestens beim nächsten Gehaltscheck."
Ich stand auf, nahm den Papierkram und schmiss die

Tür etwas lauter als nötig zu, sodass es durch die Gänge etwas hallte.
Die Leute, die darauf warteten, an die Reihe zu kommen, blickten nun alle in meine Richtung.
Ich warf den Stapel Papiere demonstrativ in den nächstgelegenen Papierkübel.

Zuhause saß ich noch einige Minuten, nachdem ich den Motor ausgestellt hatte, im Wagen und versuchte, meine Existenzängste beiseite zu schieben. Ich atmete tief durch.
Auf einmal klopfte jemand gegen meine Scheibe. Dieser jemand war Rosie. Sie schrie:
„Was machst du da? Betest du?"
Ich kurbelte das Fenster nach unten.
„Nein, ich denke bloß nach. Kann man nicht mal in Ruhe nachdenken?"
„Dachte, du hast einen Schlaganfall, weil du seit 10 Minuten nicht aus dem Wagen gestiegen bist."
Ich kurbelte das Fenster wieder nach oben und stieg aus dem Wagen.
„Herrgott, kann man in dieser Straße nicht mal in Ruhe nachdenken?"
„Ist ja schon gut. Wessen Wagen ist das?"
„Das ist mein Wagen. Habe ich eingetauscht..."

Rosie

Und da war es wieder, das Aufflackern ihres Feuers. Für einen Moment war es wieder zu sehen. Liz rebellierte, sie versuchte, ihr Ding zu machen. Und das war auch gut so.
„Du brauchst einen Drink."
Liz war gerade dabei, ihre Haustür aufzusperren, überlegte einen Moment, versperrte die Tür wieder und kam auf mich zu.
„Vermutlich hast du recht."
Wir gingen zu meinem Haus. Sie setzte sich, ich räumte meine Zeitschriften und Zeitungen zur Seite und machte uns mal einen Kaffee.
Ich setzte mich gegenüber von ihr hin.
„Okay, das reicht. Du brauchst eine Abwechslung, ich sehe, das geht gerade alles in eine falsche Richtung. Du brauchst einen neuen Job. Ich hab mir viele Gedanken darum gemacht und bin schließlich auf die zündende Idee gekommen, diese Emily, du weißt schon, die Frau, die immer die Nordic-Walking Gruppe anführt, zu fragen. Sie arbeitet nämlich bei Disney. Du könntest dort auch arbeiten."
„Bei Disney?"
„Ja!"

Am nächsten Tag lud ich Emily und Liz um 15 Uhr zu mir ein. Um 15:04 Uhr stellte sich heraus, dass Emily als Team Leader für die Paraden zuständig war.

Nun gut, es war kein Geheimnis, dass Liz nicht wie geschaffen für das Entertainment war, jedoch war sie doch auf der Suche nach einem Job, der Spaß macht.

Liz sagte gedankenverloren: „Na ja, ich bin chronisch pleite, also hätten Sie vielleicht einen Job für mich?"

„Wir leben die Philosophie, das ist kein Job um bloß Geld zu verdienen. Es geht darum die Figuren zu leben, ein wahrliches Erlebnis für alle Besucher zu erschaffen."

„Ja, schon klar. Ich kann das!"

Emily blinzelte häufig, ihr Ausdruck war von Panik geprägt.

„Ja, und du hast dich ja immer gerne verkleidet." Unterstützte ich sie und stupste sie dabei mit dem linken Ellbogen an und zwinkerte ihr aufmunternd zu.

Emily wusste, dass sie verloren hatte, sie bereute wahrscheinlich gerade den Moment, als sie sich auf unser Treffen eingelassen hatte. Schließlich sagte sie: „Wir suchen momentan ein neues Schneewittchen."

„Na bitte!", rief ich in den Raum und klopfte dabei auf den Tisch.

Kapitel 10

Disney Land
Liz

Kindliche Vorfreude, die ich an jenem Morgen verspürte, brachte mich dazu, bereits um 6 Uhr aus dem Bett zu springen. Ich öffnete das Fenster und spürte seit Langem wieder einmal pure Freude. Und dann, dann sah ich Noah um mein Haus schleichen. Er hatte seine Brille auf und eine Tüte dabei, er durchquerte im Laufschritt den Garten von Rupert. Im selben Moment, als er gerade vor meiner Tür kniete, öffnete ich sie.
„Was machst du da?"
„Verdammt, Liz! Erschreck mich nicht so!"
„Ich wiederhole, was machst du da?"
Er richtete sich wieder auf, holte eine Mickey Mouse aus der Tüte und streckte sie mir hin.
„Ein Glücksbringer für deinen neuen Job."
„Ohhhh, das ist ja nett! Vielen Dank, Noah!"
An dieses Vorkommnis musste ich während der ganzen Hinfahrt nach Anaheim denken. Mehrmals blickte ich auf den Beifahrer Sitz, wo das Stofftier lag.

Es fühlte sich nicht an wie zur Arbeit zu gehen, es lag Magie in der Luft. Es war eine Welt, eine ganz eigene Welt, in der all die Figuren meiner Kindheit real wurden. So wahnsinnig bunt, so real, so märchenhaft. Mit kindlicher Neugierde nahm ich jede Figur, jedes Bauwerk, jede Melodie wahr. Doch von der einen auf die andere Sekunde wurde ich aus meinen Gedanken gerissen.

Emily, an der der ganze Zauber anscheinend abprallte, zitierte mich in die Umkleide, danach gab es eine Einschulung. Früher als vermutet, aufgrund von Personalschwierigkeiten, wurde ich bereits am ersten Tag auf die Menge losgelassen.

Ich posierte für Fotos und verzauberte alle Besucher mit einem Hauch von Schneewittchen-Anmut, bis der Zauber verflogen war.

**6 Stunden später
San Fernando Valley
Noah**

„Woooow, ich wusste gar nicht, dass man die Kostüme mit nach Hause nehmen darf?"
„Darf man auch nicht!"
Sie rüttelte fest am Schloss, bis sie es endlich aufbrachte, wollte dann die Tür zuschmeißen, doch ich stoppte sie und folgte ihr tonlos.
Liz war außer sich und kurz davor, zu explodieren. Die Detonation war lediglich eine Frage der Zeit,

also tastete ich mich langsam vor.
„Was ist heute passiert? Wie war dein erster Tag?"
„Das willst du nicht wissen!"
„Ich habe gekündigt! Mir reicht es! Ich habe es satt!"
„Du hast gekündigt? Und das Kostüm darfst du behalten?"
„Ich bin einfach abgehauen, okay?"
„Und was ist nun mit dem Kostüm? Musst du das bezahlen?"
„Mensch Noah! Wen interessiert das Kostüm?!"
„Ich meine ja nur …"
Sie warf ihre Handtasche zur Seite und lief in die Küche. Die Lage war ernst.
Ich folgte ihr. Stellte den Wasserkocher auf, nahm zwei Tassen aus dem Schrank.
Sie starrte wortlos aus dem Fenster, zu dem Haus von Rosie.
„Liz? Was ist heute passiert?"
Sie legte die Handschuhe zur Seite und fuhr sich mehrmals durchs Haar. Ihr Blick war leer, sie blinzelte kaum, sie atmete ruhig. Liz antwortete mir nicht. Sie ging ins Wohnzimmer, setzte sich auf die Couch.
Stillschweigend folgte ich ihr mit den zwei Teetassen. Ich weiß nicht an was sie dachte, bis sie in ihrer Tonlage redete, die mir Angst machte, weil ihre Wut verflogen war. Ihre Stimme klang einfach nur verletzt.

„Ich hätte eigentlich eine Pause machen sollen. Doch da fiel mir ein Mann auf. Er hatte seine Familie dabei. Nichts Ungewöhnliches für Disneyland, tausende Familien besuchen jeden Tag diesen Ort. Die Magie, die dieser Ort versprüht, spiegelt sich in all den Gesichtern wider. Und die Gesichter der Familien, wie sie strahlen, wie glücklich sie alle sind! Dieser Mann nahm das Mädchen, wie alt mag sie gewesen sein, 12 Jahre, an die Hand. Das Mädchen hatte dunkle braune, lange Haare, dürre, schlaksige Beine und eine Brille. Die Mutter, eine zierliche Frau mit Pagenkopf, machte ein Foto von den beiden. Der Mann strahlte über das ganze Gesicht. Er fragten einen anderen Familienvater, ob er ein Foto von allen machen könnte. Alle sahen so glücklich aus. So verdammt glücklich! Das Mädchen nahm den Fotoapparat und machte ein Foto von ihren Eltern und dann noch eines und noch eines. Bis der Vater genug hatte, dem Mädchen über die Haare strich und ihr einen Kuss gab. Das Mädchen sortierte mit großer Euphorie die Fotos aus und zeigte sie den Eltern. Der Vater fuhr ihr über den Kopf, seine Augen funkelten. Sie tat gar nichts Besonderes, nichts, dass dies Funkeln verdient hätte. Sie war einfach nur da, und das reichte ihm. Er war so stolz auf seine Tochter.
Dann gingen sie weiter, bis ich nichts mehr von dieser Familie sah."
„Liz?"

„Ja?"
„Wer war dieser Mann?"
Sie musste es nicht sagen. Ihre Augen verrieten alles, noch viel mehr, als sie mit Worten hätte ausdrücken können.
Und auch ich sagte nichts.

Kapitel 11

Pokerabend
Noah

Rosie saß in ihrem großen braunen Ohrensessel, rauchte, und wir spielten Poker. Sie war eine begnadete Spielerin. Drei Stunden später war ich ihr mittlerweile 200 Dollar schuldig.
„Wann schreibst du eigentlich wieder mal?"
„Ich schreibe doch."
„Ich meine, irgendetwas, womit man auch Geld verdienen kann. Deine Schulden musst du bei mir begleichen. Das ist dir hoffentlich klar."
„Haha, die 200 Dollar!"
„Genau die!"
„Rosie, kann ich dich was fragen?"
„Schieß los!"
„Auf welchen Typ Mann steht Liz eigentlich?"
„Wie kommst du denn jetzt da drauf? Gefällt sie dir?"
„Wem nicht?"
Sie wandte ihren Blick von den Karten, legte sie auf den Tisch und nahm einen tiefen Atemzug von der Zigarette. Dabei visierte sie mich schief an, ich hätte gerne gewusst, was sie dachte. Vermutlich nichts Gutes, ihre Augen waren zusammengekniffen.
„Keine Ahnung, aber ihr letzter Fehler, Jason, war ein Anwalt. Er sah aus, als würde er nebenbei für

ein Unterwäsche-Label vor der Kamera stehen. Ich traute ihm nicht."
„Okay, ja, ich weiß, er sieht gut aus."
Nickend vernahm ich die Information, überlegte kurz, ob ich nach dem Pokerspiel noch eine Runde laufen oder mich jetzt endlich in einem Fitness-Studio anmelden sollte.
„Ja, du Dummerchen, das war ja das Problem, er konnte zu keinem Rock nein sagen."
„Er hat sie betrogen?"
„Ja, das machen Männer für gewöhnlich, wenn sie der Verlockung nicht widerstehen können."
„Nicht alle."
„Aber fast alle!
Wie dem auch sei, er hat sich ja aus ihrem Leben verpisst, daher Gnade ihm Gott."
„Und Liz ist bei dir aufgewachsen, hast du erzählt?"
„Ja, Liz und ihre kleine Schwester Casey, beide Mädels habe ich großgezogen, daher habe ich mir jetzt täglich meine Margaritas verdient. Sieh nur, was aus denen geworden ist."
Sie drückte den Glimmstängel so fest in den Aschenbecher, dass auch das letzte bisschen Glut verging.
„Wo waren die Eltern?"
Die Frage füllte den Raum mit einer Stille, selten bis gar nie war sie sprachlos. Eine Frage, die sie für einen langen Moment schweigen ließ.
Ich merkte, dass sie nachdachte und mich mit ihrem

Blick musterte, bevor sie weitersprach.
„Weißt du, wie es halt ist …" Sie wandte den Blick in die Ecke, in jene Ecke, wo all ihre Fotos standen. Gerahmt und in einheitlichen Abständen aufgestellt.
„Weil für sie die Liebe das Größte war und für ihren Mann es der Alkohol war, wollte sie nicht weiterleben. Ich hatte ja keine Ahnung, ich sah sie nur jeden Tag weinen. Heute würden wir Depression dazu sagen. Damals …, damals kannten wir so einen Begriff nicht."
Sie wollte mir nicht zeigen, dass ihre Augen feucht wurden, daher kehrte sie mir den Rücken zu, nahm einen letzten Schluck. Aber ich hörte es an ihrer Stimme: Sie brach.
„Na ja und dann an einem ganz normalen Tag, an einem Tag, an dem es aufgehört hatte zu regnen, weil es seit drei Tagen geregnet hatte, brachte sie die Mädchen zu mir. Beide hatten ihre gepunkteten Sonntagskleider an und Schleifen in den Haaren. Sie trugen öfter, obwohl sie keine Zwillinge waren, dieselben Klamotten. Casey fand es ganz toll, Liz ganz schrecklich. Also standen die Mädchen da so aufgebrezelt, und in dem Moment hätte ich doch etwas merken müssen."
Sie schüttelte ihren Kopf, fasste sich an die Lippen und schloss die Augen.
„Sie kam nie wieder."
„Das tut mir leid, Rosie!"
„Muss es nicht! Ihrem Mann sollte es leidtun, ihm

sollte es leidtun. Alles sollte ihm leidtun, dass er sie verlor, dass er alles im Leben seiner Kinder verpasst hat. Und dass so wunderbare Kinder aus ihnen geworden sind und er nicht da war, das sollte ihm leidtun."

„Ich weiß nicht, was ich darauf sagen soll?"

„Nichts. Geh lieber und schenk mir noch einen ein."

Ich stand auf und ging in die Küche.

Rosie fühlte sich in dem Moment unbemerkt, sie wischte sich kurz mit dem Handrücken über die Wange. Schielte über die Schulter in der Hoffnung, dass ich sie nicht dabei erwischt hatte. Das Glucksen beim Einschenken des Bourbons war zu hören, sonst nichts. Ich warf noch je zwei Eiswürfel in die Gläser und machte mich zurück auf den Weg zu ihr.

Kapitel 12

Dinner Time
Liz

Man wurde direkt geblendet vom vielen Weiß in der Empfangshalle von Caseys Haus. Sie wohnte in Beverly Hills. Ein Grundstück glich dem anderen; die ungewohnte Stille ließ erahnen, welches Klientel hier hauste. Doch ich liebte es, dass sie nur eine Dreiviertelstunde von mir entfernt wohnte und ich wann immer es mir in den Sinn kam, sie besuchen konnte.

Casey öffnete die Tür mit einer äußerst herzlichen Geste. Ihre Haare waren heute zu einem strengen Knoten gebunden. Sie war erst 24 und strahlte von Mal zu Mal so eine Gelassenheit und innere Reife aus. Alles fühlte sich auf einmal richtig und vollkommen an. Sie umarmte jeden von uns dreien herzlich und bat uns schließlich herein.

Ich sah sie noch einmal an, ihr Profil, ihre Haare, keine Strähne wagte es, herauszufallen. Dazu trug sie ein gelbes Poloshirt und eine weiße Hose.

Ich trug heute meine Haare offen und wild, leicht gewellt, dazu war ich wie fast immer in Schwarz gekleidet. Schwarze Hose, schwarzes Top und meine Ankle Boots, mit denen ich gut 12 cm größer war. Mein Dresscode war heute eher locker, leger.

Rosie hatte ihren Hosenanzug an, ihren blauen, den

sie nur zu besonderen Anlässen trug, und Noah, als ich Noah ansah, stellte sich mir nur wieder die Frage, woher er diese Hemden bezog. Ich kann es fast nicht beschreiben, es war senfgelb und braun. Darauf waren so etwas Ähnliches wie Kamele abgebildet oder war es ein Muster. Ich sah es lange an, wurde aber aus dem Muster nicht schlau.
Dazu trug er seine Levis Jeans und seine weißen Sneakers. Danach schweifte mein Blick wieder zu den Kamelen.
„Was?", fragte er.
„Dein Hemd."
„Was ist damit?"
Ich fasste mir ans Kinn und tat so, als würde ich kurz darüber nachdenken, zog dann eine Augenbraue hoch und schüttelte bloß den Kopf.
„Na wen haben wir denn da?" Kam es vom Treppengeländer. Gut gelaunt stolzierte mein Schwager in spe zu uns. Daniel, war ganz schlicht in Schwarz gekleidet und umarmte uns ebenso herzlich wie Casey es tat. Er war ein guter Kerl, ein anständiger, einer, bei dem man sich anlehnen will und merkt, dass er wohl für immer stehen bleiben würde.
Da dachte ich an Jason und an unsere Konversationen. Wie oft ich ihn hilflos angeschrien, mir seine Aufmerksamkeit lediglich durch tränenüberströmten Auseinandersetzungen erkämpft hatte.
Es überkam mich das selbe Gefühl wie an all den

Abenden, an denen ich neben ihm stand, und ich merkte, wie weit weg er eigentlich von mir war. Und dabei wollte ich genau das, was meine Schwester nun hatte: die Sicherheit, dass jemand da war, wenn man ihn brauchte.

Später am Abend folgten Konversationen über das Übliche, den Garten, das Wetter, die Hochzeit, die Hochzeit und ach ja, die Hochzeit.

Noah brachte sich gut ein, er war anscheinend ein erfahrener Hochzeitsgast. Demnach war er mit all den Dingen bestens vertraut, die meine Schwester derzeit so beschäftigten. Ich als Trauzeugin, Hochzeitsberaterin und Schwester konnte hier nicht sonderlich punkten.

Nach dem Dessert, als die Haushälterin uns den Wein und den Käse servierte, füllte eine nicht wirklich ausgesprochene, aber angedeutete Bitte den Abend. Irgendwie waren wir bei dem Thema „Hochzeitseinladungen" gelandet.

Ich weiß noch, dass ich sie fragte: „Hast du die Einladungen schon versandt?"

„Ja."

Ich nickte, nahm mein Glas Wein, wollte daraus trinken, als sie hinzufügte: „Aber ich weiß nicht, ich habe irgendwie das Gefühl, ich sollte vielleicht noch jemanden einladen."

„Jemanden?" Ich stellte das Glas wieder ab und blinzelte sie an.

„Ach, ich denke nur laut." Bemerkte sie

kopfschüttelnd.

Wir schauten uns an. Ich wusste, was sie dachte und in dem Moment verweigerte, laut auszusprechen. Eine ziemlich lange Zeit herrschte eine Stille, nur der Sekundenzeiger der Pendeluhr war zu hören.

Doch Casey und ich kommunizierten mit unseren Blicken.

Und wie aus dem Nichts sagte Rosie schließlich: „Na dann solltest du ihn einladen."

Mit meinem Blick hätte ich in jenem Moment jegliches Eis zum Frieren gebracht.

Unsicher sah Casey zu mir, begann dann, von irgendetwas anderem reden. Sie fragte, ob wir noch Nachschlag vom Dessert haben wollten.

Ich hatte für diesen Abend genug, gegessen, getrunken und gehört.

„Ich finde, wir sollten das bereden, wenn du ihn einladen willst, Casey. Es tot zu schweigen, wird keinen von uns weiterbringen."

„Weißt du, wieso ich das Thema nie angesprochen habe? Ich ahne, wie du darauf reagierst."

„Ja, und ich habe auch allen Grund dazu", fauchte ich in meine Stoffserviette hinein, warf die Serviette auf den Tisch und ergänzte: „Ich dachte, mit dem Thema sind wir durch."

„Liz, er ist uns Vater."

„Ach ja, ist er das?"

„Liz, ich habe einfach schon so lange das Bedürfnis, ihn zu sehen, und er ist ein Teil von uns."

„Genetisch gesehen gebe ich dir recht. Absolut. Nur leider ist er emotional kein Teil von mir, und es ist besser für dich, wenn er auch kein Teil von dir ist."
„Hör auf!"
„Womit?"
„Ich bin alt genug, ich kann meine Entscheidungen alleine treffen. Ich weiß selber, was gut für mich ist und was nicht."
„Merkt man aber nicht."
„Und das sagt mir jemand, der erst gestern wieder bei seinem Ex geschlafen hat. Siehst du nicht, was er mit dir macht?"
„Wer?", fragte Noah. Jetzt drohte Noah am Wein zu ersticken. Er hustete, seine Augen tränten.
Ich klopfte ihm mehrmals auf den Rücken, während ich versuchte, mit meinem Blick meine Schwester zu töten.
Heiser fragte er: „Ich dachte, gestern wärst du bei einer Freundin gewesen?"
„Wieso geht es jetzt um mich?"
„Wir brauchen noch mehr Wein, Lady! Äh Miss, mehr Wein." Rosie fuchtelte zu dem Hausmädchen und gestikulierte mit ihrem leeren Weinglas.
Erneut fragte Noah mit seiner gebrochenen Stimme: „Wer war gestern wo?"
Dem Hausmädchen waren so hitzige Diskussionen am Tisch wohl fremd, und so brauchte sie etwas länger, um zu verstehen, dass nun sie an der Reihe war.

Noah hatte sich wieder gefangen; sein Mund öffnete sich, er atmete laut aus, während er die Informationen versuchte zu verarbeiten.

Rosie blickte ihn kurz an und nahm dann sein Glas mit der Frage: „Das trinkst du eh nicht mehr oder?"

Völlig perplex und etwas zu langsam erwiderte er: „Doooooch."

Kaum ausgesprochen war es schon leer.

Mit verschränkten Armen warf er mir lediglich böse Blicke zu.

Ich wich den Blicken aus und ging auf Konfrontation mit Casey. Doch sie war mir voraus und fing wieder mit denselben Fragen an, die ich mir schon Jahre lang anhören musste: „Ich weiß, du hältst nicht viel von ihm, aber es wäre toll, wenn er hier wäre, ich meine, irgendwie schon oder? Denkst du nie an ihn?"

„Wenn du schon so direkt fragst, nein, ich denke nicht sehr oft an ihn."

„Nicht sehr oft. Siehst du, aber du denkst an ihn."

Das Hausmädchen kam mit dem Wein, und ich fauchte: „Hierher, Wein!"

Ich fuchtelte wild mit meinen Händen. Kurzerhand goss sie mir ein.

Entschlossen nahm Rosie ihr die Flasche aus der Hand und fügte hinzu: „Danke, Fräulein, wir machen das schon. Sie goss sich ordentlich ein und ließ die Flasche neben sich stehen."

Casey war fünf gewesen, als er sang- und klanglos

aus unserem Leben verschwand. Ein Teil von mir hielt es für gut, dass sie sich nicht an ihn erinnern konnte, an all das, an was ich mich erinnern konnte.
„Ich meine, wie toll wäre es, wenn wir irgendwie eine halbwegs normale Familie sein könnten. Irgendwie, ach, ich weiß auch nicht."
Wortlos blickten Rosie und ich uns an, ohne auch nur die geringste Silbe dazu zu verlieren.
„Ich glaube, wir sollten gehen", sagte ich leise.
„Weißt du, ich verstehe dich nicht! Unserem Vater kannst du nicht verzeihen, aber diesem Kerl, der dich wie das Letzte behandelt, dich nach Strich und Faden belügt und betrügt, verfällst du jedes Mal."
Dieser Satz ging mir durch Mark und Bein; alle Blicke waren auf mich gerichtet, und meiner haftete an Casey. Es war still, so still das wieder nur das Ticken der Pendeluhr zu hören war. Ich schob den Stuhl zurück und schaute meine Schwester nicht mehr an, bloß Daniel, dem ich freundlich, aber halb abwesend zuwinkte.
Draußen wartete ich einige Minuten, bis Rosie und Noah kamen. Der Abend hätte ganz anders verlaufen sollen; ich hasste das Gefühl nach einem Streit mit meiner Schwester und die Tatsache, dass sie mein Treffen mit Jason laut herausposaunt und darüber geurteilt hatte.
Noah war emotional gesehen nicht der Typ, der mit Informationen wie diesen umgehen konnte.
Wie immer nahm ich auf der Rückbank Platz.

Während Rosie wie stets der Beifahrer war, der festhielt, welche Farben die Ampel hatte; zudem war sie auch für die richtige Temperatur und alles Mögliche zuständig.
Nervös blickte Noah mehrmals in den Rückspiegel, bis er endlich die Frage stellte: „Was machst du?"
Ich blicke von meinem Smartphone und der Nachricht von Jason „Ich vermisse dich" auf.
„Nichts."
„Sieht aber nicht aus wie nichts."
„Solltest du nicht auf die Straße achten?"
Dann sprach keiner mehr von uns. Das Radio war zu hören und ich sah in die Nacht. Sah die vielen Lichter, die die Stadt erhellten. Sah, wie die ersten Nachteulen um die Bars zogen. Sah verliebte Pärchen Hand in Hand in den belebten Straßen von Westhollywood spazieren.
Später sah ich dann wieder mein kleines, kunterbuntes Haus und mein schwarzes Leben darin. Ich schmiss die Autotür ohne Abschied zu.
Mit dem Gefühl, heute schon zu viel gesprochen zu haben. Im Wohnzimmer warf ich meine Tasche zu Boden und machte mir einen Drink. Dabei schaute ich wieder auf mein Smartphone.
„Bitte antworte mir. Du fehlst mir so."
Und du fehlst mir.
Ich bekam einen Anruf von Jason, den ich dann auch entgegennahm. Weil mir in diesem Moment alles lieber war, als alleine zu sein.

Und an diesem Abend war ich nicht alleine. Ich war wieder in seinen Armen, und so schlimm es auch war, so vertraut fühlte es sich an. Und das war es, was ich brauchte.
Die Penthousewohnung, alles schien fremd und doch vertraut. War ich dabei, eine andere zu werden und wollte ich eine andere werden? Oder wollte ich einfach zurück, zurück in mein Leben, in das Vertraute, zurück zu dem Menschen, den ich so lange liebte und für den ich alles gegeben hätte, wenn ich nur für einen Moment alles für ihn gewesen wäre.
Es war 2 Uhr nachts. Jason schlief neben mir; ich blickte auf die Uhr. Ich fühlte, dass sich etwas veränderte. Ich wollte nicht so fühlen, es machte mir Angst. Ungeheuerliche Angst, ich wollte wieder die Kontrolle über mein Leben zurückgewinnen. Die Zeit zurückdrehen. Wie ganz zu Anfang. Ich erinnerte mich an den Beginn unserer gemeinsamen Zeit, als wir uns kennenlernten und diese magische Chemie in der Luft lag. Es brauchte nicht lange, um mich in ihn zu verlieben; es passierte in dem Moment, als er mich zu ersten Mal zum Lachen brachte. Wie wir am Strand saßen die Möwen beobachteten und die Gegenwart des anderen einander genügte.
Leise rollte ich mich aus dem Bett und ging in die Küche, schenkte mir ein Glas Wasser ein und nahm mein Handy. Verfasste eine Nachricht an Casey:
„Es tut mir leid. Ich hab dich lieb."
Sie schrieb nur eine Minute später zurück, was mich

um diese Uhrzeit doch sehr erstaunte.
„Mir auch Liz ..."
Danach wollte ich schreiben, dass ich mich auf den Weg machen würde. Doch noch bevor ich die Nachricht zu Ende schrieb, löschte ich all das, was ich bereit war zu tun. Ich war noch nicht bereit. Nicht jetzt.
Ich ging zurück ins Schlafzimmer, sah Jason für einen Moment an und schmiegte mich dann dicht an ihn. Er atmete tief und legte seinen Arm um mich. Auch danach schlief ich nicht, ich hatte die ganze Nacht kein Auge zugetan. Der Wecker klingelte Punkt 6 Uhr, und er stellte ihn ab. Schaute einen Augenblick zu mir und bemerkte: „Schon wach?"
Ich nickte stumm und starrte weiter aus dem Fenster. Er sprang unter die Dusche und suchte sich danach den passenden Anzug für diesen Tag.
Ich sah noch immer aus dem Fenster. Eigentlich war ich ein Morgenmensch, begrüßte jeden Tag und startete in den Tag noch, bevor die meisten wach waren. Doch nun, nun nahmen mir die Morgenstunden die letzte Kraft. Ich beschloss, zu gehen, noch während er im Badezimmer war. Ich verschwand so still und unaufgeregt, wie ich letzte Nacht gekommen war.

Kapitel 13

**Lagerfeuer
Noah**

Um eines klar zu stellen, ich war kein kranker Stalker oder Ähnliches, ich war lediglich ein besorgter Nachbar. Liz war gestern Abend zu ihm gefahren. Ich versuchte, nicht komplett aus der Haut zu fahren, stattdessen überlegte ich mir eine plausible Ausrede, um sie heute zu sehen. Mir kam natürlich ihr ramponierter Garten als Erstes in den Sinn, ich wollte ihr doch eine kleine Oase anlegen. Mit Schleifpapier und einem Eimer Farbe, schön dezent dunkelbraun, nicht zu bunt für Liz, machte ich mich auf den Weg.
Klopfte voller Zuversicht und Vorfreude gegen ihre Tür und dann noch dreimal. Setzte mich kurz auf die Treppe, wählte ihre Nummer und klopfte noch einmal.
Schließlich öffnete sie mir die Tür. Woraufhin es mir einen kleinen Stich versetzte, irgendwo in der Herzgegend, meine Mundwinkel fielen nach unten. Sie so zu sehen, war nicht leicht. Sie sah furchtbar aus, abgesehen davon, dass sie von Mal zu Mal dünner wirkte, waren es ihre Augen, die nicht mehr verbergen konnten, wie traurig sie war.
„Was gibt's, Noah?"
Ich hob den Eimer mit Farbe und bemühte mich,

fröhlich zu sein.
„Ich streiche deine Gartenmöbel."
„Echt?"
„Ja und schön dunkel. So wie du es gerne hast."
„Wahnsinn."
Sie ging einen Schritt zur Seite und ließ mich herein. Ich steuerte gleich auf die Terrassentür zu und bemerkte das Chaos in ihrem Wohnzimmer.
Sie folgte mir und lehnte sich an die Tür.
„Du wirst sehen, es wird richtig schön werden."
„Ja, tob dich aus, Noah."
Sie starrte wieder auf ihr Smartphone, ließ es dann in ihrer Hosentasche verschwinden und ging Richtung Küche.
Ich folgte ihr, vielleicht war es übertrieben, aber es bereitete mir eine ungeheuerliche Angst, sie so zu sehen und, was noch ein viel schlimmeres Gefühl war, es tat weh, sie so zu sehen.
Also überlegte ich wie wild, was ich tun könnte, um sie zum Lachen zu bringen. Für gewöhnlich passierte das immer, wenn ich es nicht plante. Für gewöhnlich bin ich einfach ein einziger Witz für die Damenwelt. Apropos Witz, vielleicht hatte ich einen auf Lager, ja, vielleicht sollte ich einen Witz erzählen. Leider konnte ich mir keine Witze merken, sollte ich nach einem googeln?
Nun war ich in der Küche, hatte keinen Witz parat, aber eine zündende Idee.
„Dachte, wir könnten heute mal eine gemütliche

Lagerfeuer-Runde starten, was sagst du?"
„Ich weiß nicht, ich glaube heute nicht."
„Traurig?"
„Keine Ahnung, vielleicht etwas nostalgisch."
„Kenne ich auch, aber das geht vorüber."
Sie nahm eine Flasche Wasser aus dem Kühlschrank, und eine gab sie mir.
Dann sprach sie, ganz anders als sonst. Der Zynismus und die Ironie fehlten hinter jedem Wort.
„Fragst du dich auch manchmal, was du falsch machst im Leben?"
„Haha, manchmal?"
Ich wollte irgendetwas Witziges sagen, oder etwas Kluges. Wieso fallen mir keine Buddha-Zitate ein, wenn ich sie am meisten brauche?
„Hey Liz, verlier nicht den Glauben an alles."
„Und jetzt will meine Schwester auch noch unseren Vater einladen, ich kann es nicht fassen. Als wäre nicht gerade schon alles schlimm genug."
„Ist das wirklich so schlimm für dich?"
„Ich bin darüber hinweg. Ehrlich. Daher will ich ihn auch nicht mehr sehen. Er ist damals gegangen, hat uns alleine gelassen. Es ist okay, ich habe es akzeptiert. Aber Casey, war damals noch zu klein, und jetzt ist sie zu naiv."
„Es ist okay, ein bisschen naiv zu sein. Zu verzeihen und so, weißt du. An das Gute in jedem Menschen zu glauben."
„Ich glaube an gar nichts mehr."

„Nicht mal mehr an die Liebe?"
„Noah, ich bitte dich!"
„Was ist so falsch daran, an die Liebe zu glauben?"
„Nichts. Denn es ist naiv zu glauben, irgendwo da draußen läuft der eine Mensch herum, der dein Leben verändern könnte."
„Vielleicht nicht verändern, aber vielleicht ein klein wenig schöner machen."
„Ja, schon klar, in deinen süßen kleinen Gedichten vielleicht, wo das Einhorn endlich auf das Pony trifft und sie gemeinsam über den Regenbogen reiten. Aber ich, ich meine die Realität, wo nun mal schlimme Dinge zwischen Menschen passieren."
„Und was ist dir passiert?"
„Wir sollten vielleicht wirklich ein Lagerfeuer machen. Was sagst du?"
„Wunderbar!"
Kaum ausgesprochen lief ich in den Garten und bereitete die Feuerstelle mit Holz und Anzünder vor. Liz kam in einer Decke eingewickelt und mit zwei Bier, sie reichte mir eines und ließ sich auf dem Stuhl nieder.
Später war das Lagerfeuer zu einem kleinen Kreis vergangen. Liz' Gesicht war zur Hälfte mit Schatten bedeckt, die andere wurde noch vom Feuer beleuchtet.
Ihr Blick haftete an meinem; ich gab nicht nach, ich würde solange auf die Antwort warten, bis sie mir diese gab. Ich wollte es von ihr hören, auch wenn

ich es schon wusste.

„Eine Statistik besagt, dass jeder dritte Anwalt fremdgeht. Ich habe da meine eigene Statistik, mein Anwalt ist jeden dritten Tag fremdgegangen. Und zu guter Letzt habe ich ihn dabei erwischt."

„Das tut mir leid."

„Muss es nicht."

„Ich muss das jetzt einfach fragen, wieso kannst du diesen Menschen nicht loslassen? Wieso triffst du ihn noch?"

Meine Frage klang weniger nach einer Frage, viel mehr nach einem Vorwurf mit Ausrufezeichen. Und ihre Antwort hingegen klang so verdammt ehrlich.

„Weil ich ihn liebe, wie keinen Menschen zuvor. Weißt du Noah, man kann sich eben nicht aussuchen, in wen man sich verliebt."

„Nein, kann man vielleicht nicht. Aber man kann sich aussuchen, wie man sich behandeln lässt. Das muss man sich selbst wert sein. Verstehst du?"

„Ich komme schon klar."

„Könnte ich dir jetzt glauben, tue ich aber nicht."

Sie sah mich an, wollte sich dennoch erklären.

„Jason hatte keine leichte Vergangenheit, seine Mutter ist abgehauen mit einem anderen Mann, als er noch ganz klein war. Sein Vater war stinkreich und war nur unterwegs. Von einem Tag auf den anderen war er alleine. Noah, er ist kein schlechter Mensch, er hatte es nur eben nicht leicht. Es fällt mir so schwer ihn gehen zu lassen, wenn ich weiß, dass

da keiner ist, keiner, der auf ihn aufpasst."
„Aber das ist nicht deine Aufgabe."
Sie schüttelte nur den Kopf. Lächelte aufmunternd und sagte: „Noah, du verstehst das nicht."
„Doch! Ich frage mich nur, wer passt auf dich auf?"
„Ich komme schon klar, Noah."
„Okay."
Dann sagten wir lange nichts, lange starrten wir ein wenig besonnen in das immer kleiner werdende Feuer. Bis sie dann die Bombe platzen ließ: „Aber ich werde zu ihm fahren und ihn einladen."
„Zu wem?"
„Zu Jake."
„Wer ist Jake?"
„Unser Dad."
„Eigentlich finde ich das eine ziemlich gute Idee, nur darf ich dich fragen, wieso du das jetzt plötzlich machen willst?"
„Weil ich alles für meine Schwester tun würde."
„Weißt du wo er wohnt?"
„Rosie weiß es."
„Okay, dann lass uns fahren."
„Du bist dabei?"
„Klar doch, ich fahre."
„Dann fahren wir nach San Diego."
Ich hielt ihr meine Bierflasche entgegen und prostete ihr zu. Das grelle Klirren war zu hören und das Knarren des verbrannten Holzes.

Kapitel 14

San Diego
Liz

Irgendwie war es wie auf Klassenfahrt zu fahren. Noah hupte ganze vier Mal, bevor ich ihn mit einer unfreundlichen Gäste begrüßte. Er stand da in seiner karierten Urlaubshose, dazu ein gelbes Poloshirt, ganz eintönig, was ungewöhnlich für seine Verhältnisse war. Und dazu trug er eine schwarze Kappe. Ich wollte nicht gleich auf die Frage eingehen, warum er in einem Auto die Kappe tragen wolle. Vielmehr gaben mir seine weißen Beine den Rest, sie blendeten mich direkt, und ich konnte nicht anders, als ihn damit aufzuziehen.
„Hast du schon einmal über einen Selbstbräuner nachgedacht?"
„Hast du schon einmal darüber nachgedacht, dir gleich am Morgen Whiskey in den Kaffee zu schütten, das wäre eine Alternative."
„Hahaha, Noah, du kannst ja sogar witzig sein!"
„Na schau, da kannst du ja wieder lachen."
„Zieh dir nächstes Mal bitte lange Hosen an, ich bin direkt geblendet."
Demonstrativ setzte ich meine große Sonnenbrille auf und warf meine Haare zurück.
„Ich bin eben ein heller Hauttyp. Hauttyp 2, wenn

du es genau wissen willst. Der nordische Hauttyp."
„Ach, wäre mir jetzt fast nicht aufgefallen."
„Ich sitze vorne!", rief Rosie, während sie ihre Haustür zusperrte. „Hinten wird mir schlecht, so wie du fährst."
„Kein Problem, ich sitze gerne hinten, Tante Rosie."
„Aber vorher packst du dein Gepäck in den Kofferraum."
„Du bist ein wahrer Gentleman, dir sagt man das einfach viel zu selten."
„Du bist keine Dame, daher ist es okay."
Widerwillig verstaute ich meinen Koffer, demonstrativ verstaute ich dann auch gleich den von Rosie.
Wie zu erwarten, hatte er diesen Trip akribisch geplant. Er überließ nichts dem Zufall. Was in dem Fall mein Glück war, ich war eher der Typ, der aufs gerade Wohl losfährt und auf das Beste hofft. Was in den meisten Fällen dazu führte, frustriert im Kreis zu laufen. Aber weder Städtepläne noch Google Maps konnten mich für sich gewinnen. Hin und wieder fragte ich Passanten, die eigentlich immer hilfsbereit waren. Wie dem auch sei, Noah hatte Stadtplan, Google Maps-Ausdrucke, das Navi und Rosie neben sich. Die genau wusste, wann er wo wie fahren sollte. Wann er ein anderes Auto überholen sollte, wann er die Sonnenklappe runterschlagen sollte.
Amüsiert blickte ich von der hinteren Reihe auf die

beiden. Sie hätten auch ein altes Ehepaar abgeben können, dachte ich mir.

Kapitel 15

„Hallo Liz."
Liz

Ich weiß noch genau, was er trug, als er mir und meinem Leben den Rücken zuwandte. Er hatte das rotschwarz-karierte Hemd an, jenes, welches er jeden beschissenen zweiten Tag trug. Er fand es nicht der Mühe wert, mir ein letztes Mal in die Augen zu sehen. Er war für seine bühnenreifen Abgänge bekannt, aber seinen letzten Abgang werde ich nicht vergessen. Casey war noch zu klein, zu jung, um zu begreifen, was er getan hatte. Und sie war noch zu klein, um zu verstehen, was er tun würde. Sie umfasste sein Bein und hielt sich daran fest. Sie war erst fünf, sie wollte eben mit ihrer letzten Kraft den letzten Elternteil zum Bleiben bringen. Ich hingegen wusste, dass er gehen würde – und zwar für immer. Ich war die Ältere, ich war die, die verstand, was Mama und Tante Rosie meinten, wenn sie sagten, sie hätten jedes Mal Angst, er würde das letzte Mal durch die Tür gehen.
Ich wusste, dass damit mein Vater gemeint war, und ich wusste, dass heute der Tag war. Ich war doch die Ältere, ich war 8 Jahre alt.

Es kommt nicht oft vor, dass es mitten im Juli wie aus Eimern schüttet. Mitten in Kalifornien. Aber an diesem Nachmittag wollte es gar nicht mehr aufhören zu regnen.

Ein tiefer Atemzug folgte auf den nächsten, noch nie hatte ich den Sekundenzeiger so eindringlich beobachtet. Bis ich die Tür hörte: Sie knarrte; ich vernahm einen leichten Zug, der damit einherging. Ich wollte mich umdrehen, doch ich war wie gelähmt.

„Hallo Liz."

Worte, die ich zuvor tausendmal in meinem Leben gehört hatte. Doch nie hatten sie mich dermaßen aus der Fassung gebracht. Vielleicht, weil mir in dem Moment bewusst wurde, wie oft ich sie von genau dem einen Menschen hören wollte. Und dass ich sie seit 19 Jahren nicht mehr gehört hatte.

Neunzehn Jahre waren vergangen. Man sah es an seinem Gesicht. Er trug ein schwarzes kurzes Hemd, dazu eine Jeans. Es war nur ein kleiner Blick, den ich erhaschte. Jetzt sah ich wieder auf meine Hände.

„Wie geht es dir?"

Es folgte eine lange Pause, bis ich sagte: „Wir müssen das nicht machen. Hör zu, Casey wird heiraten und sie möchte, dass du kommst."

Man konnte meine Fassungslosigkeit noch hinter jeder Silbe hören.

„Hat sie das gesagt?"

„Sie hat es mehr als 10 Jahre lang gesagt."

„Und du? Willst du auch, dass ich komme?"
„Ich bin bloß der Postbote oder die Brieftaube."
„Sieh mich an, Elisabeth."
Und dann sah ich ihn an. Wie er dasaß, mit seinem zurechtgelegten Scheitel, den gefalteten Händen, dem neuen Ehering.
„Und willst du mich auch dabeihaben?"
Meine Augen waren noch an den Ring gefesselt, während ich völlig tonlos entgegnete: „Das wollte ich noch nie."
„Das kann ich natürlich verstehen. Aber weißt du, ich bin nicht mehr der, der ich einmal war. Ich habe jetzt ein neues Leben, ich weiß nicht, ob es da gut wäre, bei der Hochzeit aufzukreuzen. Es ist seitdem viel passiert."
„Ja, stell dir vor. In unserem Leben ist auch viel passiert."
„Elisabeth, ich bin nicht mehr der, der ich vor 19 Jahren war. Ich habe dazu gelernt, mir ein neues Leben aufgebaut."
Rosie war aufgerichtet wie eine Bulldogge, bereit, jeden Moment auf ihn loszuspringen. Doch ich wollte mit meinem Blick beruhigend wirken.
„Es würde ihr die Welt bedeuten!"
„Ich habe viel in eurem Leben verpasst. Du siehst ihr sehr ähnlich."
„Ich will nicht, dass du über sie sprichst. Du hast nicht das Recht dazu."
„Es war nicht meine Schuld."

„War es nicht? Woher weißt du das? Du hast ihr beim Sterben zugesehen."

Meine Stimme wurde lauter; ich registrierte, wie sich die Leute zu uns umdrehten.

Doch mein Vater fesselte mich mit seinem Blick. „Sie war krank, Elisabeth. Sie war stark depressiv. Sie war …"

„Ich weiß! Ich habe ihr die Suppe gewärmt, ich habe die Wäsche gewaschen. Ich habe sie gefragt, warum sie weint. Ich war da!"

„Ich war noch nicht bereit für die Ehe, ich war zu jung, zu naiv."

„Du warst zu jung? Zu jung, um mit einer kranken Frau umzugehen?"

„Es war nicht leicht für mich."

„Und es war nicht leicht für mich. Ich war acht."

Meine Wangen wurden heiß und glühten. Ich merkte, wie ich krampfhaft darum bemüht war, meine aufsteigenden Tränen zu unterdrücken. „Findest du nicht, dass ich zu jung war, um damit umzugehen?", flüsterte ich.

Wütend knallte ich ihm die Einladung vor die Nase. „Ich gehe! Wie gesagt, komm oder komme nicht. Es liegt an dir."

Kapitel 16

**Nicht weichgezeichnet
Noah**

Eine Kulisse wie aus einem Musikvideo aus den 70er-Jahren. Ich hörte und sah die 70er direkt vor mir. Wir befanden uns in einem billigen Motel, es war in Flieder gestrichen und alt. Innen und außen. Auf mich als Schriftsteller wirkte es irgendwie inspirierend. Es war mitten im Juli – Hochsaison, die halbe Stadt war ausgebucht. Was zur Folge hatte, dass Liz und ich uns ein Zimmer teilen mussten. Rosie bekam ein Einzelzimmer, das letzte. Ich versuchte, mein Grinsen zu unterdrücken, während wir die Zimmerkarte entgegennahmen. Innerlich machte ich Luftsprünge.
Die Einrichtung war zwar erdrückend.
Blumentapeten gepaart mit Überdecken aus Rosen, aber Liz war hier, sie setzte ganz in Schwarz die nötigen, dunklen Akzente. Vis-à-vis zu den zwei einzelnen Betten waren die bodentiefen Fenster, dazu verdunkelten gelbe Vorhänge das Zimmer. Es war ein langer Tag. Liz stand der Tag ins Gesicht geschrieben. All ihr Zynismus und Sarkasmus waren wie weggepustet. Unter normalen Umständen hätte sie geflucht und mindestens fünfzig abfällige Bemerkungen über das Hotel gemacht. Sie schob

die staubigen Vorhänge zur Seite und öffnete das Fenster, die abgestandene Luft wich dem Duft von Sommerregen.
„Ich gehe mich kurz frisch machen", flüsterte sie.
Der Wasserhahn lief.
Ich eilte zu meinem Koffer. Warf den halben Inhalt zu Boden und war auf der Suche nach meinem schwarzen Polohemd und meinen neuen Paar Jeans. Ich riss die Preisschilder ab und schlüpfte in die Hose, streifte das Hemd über und widmete mich meinen Haaren. Volumen, das gebändigt gehört, mit etwas zu viel Haargel, wie sich später herausstellte. Nun war das Wasser nicht mehr zu hören, nur wenige Minuten später stand Liz vor mir. In einem roten Kleid. Tatsächlich rot. Ihre Haare hatte sie offen und wild, ihre Augen hatte sie geschminkt.
„Du bist wirklich wunderschön, Liz!"
„Und du trägst neuerdings Kontaktlinsen."
„Ja, ich dachte, ich weiß auch nicht ... Ist mir irgendwie so eingefallen ... Kein großes Ding, mal was anderes." Sagte ich so locker daher, während ich mich an die vergangene Woche zurückerinnerte. Als mir die Augen tränten und ich dachte, Millionen von Sandkörnern befänden sich darin. Rosie hatte versucht, mir die Augen aufzudrücken, während ich jedes Mal blinzelte und somit drei Linsen im Abfluss versenkte. Von der ganzen Prozedur waren meine Augen so rot gerändert gewesen, dass ich aussah, als hätte ich eine allergische Reaktion. Jetzt

eine Woche später, war ich schon fast geübt darin, sie einzusetzen. Ich fluchte nur mehr halb so oft und weinte lediglich die ersten fünf Minuten lang, danach hatte sich mein Auge schon beinahe daran gewöhnt.
„Komm, lass uns was essen gehen."
„Oder was trinken."
Rosie war an diesem Abend quasi ins Koma gefallen, also machten wir uns alleine auf den Weg in das nächste Lokal. Eine mexikanische Bar, in der mexikanische Hüte als Deko dienten und überall schwarze Tafeln mit den besten Gerichten das Lokal zierten. Typisch rustikal mit viel Holz eingerichtet; die Musik war Ohren betäubend.
Wir bestellten viel zu viel und Liz trank als Vorspeise, als Hauptgang und als Dessert jeweils eine Margarita. Gegessen hatte sie kaum etwas.

Nicht weichgezeichnet
Liz

Während ich den Salzrand vom Glas wischte und einen ordentlichen Schluck nahm, begann auch er, mir schließlich von seinem Leben zu erzählen.
Und die weichgezeichnete, poetische Fassade bröckelte allmählich, was zur Folge hatte, dass ich Noah das erste Mal als Mensch wahrnahm. Er wischte sich mehrmals mit den Handflächen übers Gesicht.
„Ich würde meinen Vater auch gerne wiedersehen …"
„Und was spricht dagegen?"
„Es spricht nicht wirklich etwas dagegen, es ist nur, wenn ich ihn besuche, erinnert es eher weniger an ein gemütliches Beisammensein mit Kaffee und Kuchen, als vielmehr an ein Treffen mit Neonröhren und einer Glaswand, in meiner rechten Hand halte ich einen Hörer."
Ich konnte nicht sofort daraus schließen, was er meinte, also fragte ich nach. Und bekam die heitere, fast singende Antwort.
„Er sitzt. Seit acht Jahren.
Betrug, Steuerhinterziehung und – ach ja wegen versuchten Mordes.
Darauf basierte auch mein erster und einziger Bestseller, ich musste nicht einmal groß darüber nachdenken, was ich schreiben soll; mein peinliches

Leben bot jede Menge Stoff. Aber immerhin verkaufte sich das kriminelle Leben meines Vaters prächtig. Ich kann jetzt noch davon leben, mehr oder weniger, eher weniger, aber es war ein echter Kracher und noch dazu eine wahre Geschichte. Das lieben doch alle Menschen, Geschichten von anderen Menschen und am besten traurige, sie sehen Menschen gerne beim Untergehen zu."
„Und was ist mit deiner Mutter?"
„Meine Mutter lebt seit dem Zeitpunkt bei meiner Tante und deren Familie. Ihr geht es gut, sie hat Medikamente bekommen, um nicht mehr einen Gedanken daran zu verschwenden, irgendjemanden zu hassen oder traurig zu sein. Nein, nun lächelt sie ständig die Orchideen an. Und wenn die Orchideen Blütezeit haben, dann feiert sie richtig ab. Sie ist ständig im Garten und pflanzt irgendetwas an. Irgendetwas, was mein Onkel als Unkraut bezeichnet und jeden Donnerstag unabsichtlich mit dem Rasenmäher überfährt. Aber hey, ich meine, sie haben sich arrangiert. Ich glaube, sie sind glücklich. Alle miteinander irgendwie."
„Mann, ich finde deine Familie jetzt schon sympathisch. Ich würde sie unheimlich gerne kennenlernen."
Wie aufs Stichwort nahm er einen Schluck und nickte. „Das wirst du."

Kapitel 17

**Segeltörn
Liz**

Es war heiß und roch eigenartig. Ich riss das Fenster auf und inhalierte die frische Luft. Noah schlief noch. Ich dachte an letzte Nacht und an unser Gespräch, vielleicht sah ich ihn an diesem Morgen zum ersten Mal mit anderen Augen.
Es gab gute und weniger gute Tage in meiner Lebenskrise. Es gab Tage, wie dieser, da wachte ich auf und hätte ohne Anlass weinen können. Vielleicht gab es einen Grund, vielleicht auch mehrere.
Und vielleicht hatte ich es satt, auf die besseren Zeiten zu warten. Nein, denn zu diesem Zeitpunkt wollte ich einfach gegen die Wand schlagen, weil ich es so satt hatte, zu warten. Und so leid es mir tut, für manche Dinge, die im Leben passieren, sehe ich nach wie vor keinen Grund. Vielleicht mag es jetzt theatralisch klingen, mein Drama mag noch klein und unwichtig wirken im Vergleich dazu, dass täglich auf dieser Welt Kinder verhungern. Dass wahllos irgendwelche Menschen auf andere mit Waffen zielen. Dass Mütter ihre Kinder verlieren und dass Kinder ihre Mütter verlieren! Dafür sehe ich keinen Grund.
Es war kein guter Tag, es war ein beschissener Tag. Leere und Tränen, die nicht aufhören wollten zu

fließen; dabei durfte ich doch jetzt nicht weinen, schon gar nicht vor Noah. Also versuchte ich, sie bei mir zu behalten, presste meinen Augen zusammen und spürte den Druck in meinem Kopf. Aber ich weinte nicht!
Noah drehte sich mehrmals im Bett, bis er dann endlich aus dem Bett stieg. Er streckte sich und gähnte laut.
„Guten Morgen."
Ich möchte es nicht leugnen, vermutlich hat Noah einen beachtlichen Beitrag dazu geleistet, die Tage für mich so schön wie möglich zu machen. Die meiste Zeit mehr unbewusst als bewusst.
Ich beobachtete ihn, er hatte sich nun drei Tage nicht rasiert, was ihn nicht unbedingt unattraktiver wirken ließ. Es hatte irgendetwas Anziehendes.
„Ich bin für Frühstück und dann segeln, was sagst du?"
„Du kannst segeln? Du überraschst mich immer wieder."
Dabei sah ich noch immer aus dem Fenster und hoffte, dass meine Stimme nicht verweint klang.
„Trinken wir erst mal einen Kaffee, danach sieht die Welt schon ganz anders aus."
An diesem Morgen fehlte mir fast die Kraft, um mir etwas anzuziehen. Ich wollte einfach nur am Fenster stehen bleiben und hinaussehen. Das war alles, was ich wollte. Bis ich ihn auf einmal neben mir wahrnahm.

Im Augenwinkel konnte ich erkennen, dass er mein schwarzes Leinenkleid in der Hand hatte. Dann drehte ich meinen Kopf ganz zur Seite.

Für zwei Sekunden sah ich ihn an und blickte sogleich wieder zu Boden. Weil ich wusste, dass meine Augen noch rot gerändert waren. Er bemerkte es und sagte nichts.

Für uns gab es in dem Moment nichts zu sagen, da er mich auch so verstand. Ja, das war Noah, langsam mochte ich ihn. Als er das Zimmer verließ, zog ich schließlich den Bikini und das Leinenkleid an. In dem Kleid wirkten meine Beine richtig braun. Dazu meine Espadrilles.

Ich war die Letzte, die sich zum Frühstückstisch gesellte. Es war laut.

Rosie amüsierte sich prächtig mit irgendwelchen Hotelgästen aus New Orleans. Sie unterhielt sich mit den Leuten über drei Tische hinweg. Noah war dabei, sich mit dem Orangen-Entsafter auseinanderzusetzen. Es war ein grandioses High End Gerät am Orangen-Entsafter-Markt und ließ keine Wünsche für alle Entsaftungsjunkies offen. Das bemerkte auch ein Hotelgast mit Bauchtasche, der seine Socken fast bis zu den Knien hochzog.

Irgendwann hatten sie es geschafft, dass aus dem Wundergerät tatsächlich Saft floss. In dem Moment wurde der Begeisterung keine Grenzen gesetzt. Gegenseitig wurde wild auf die Schulter geklopft; stolz gaben sie mir das erste Glas. Nach

meinem ersten Schluck und einem genüsslichen „Mmmmhhhh" wurde auch auf meine Schultern geklopft, so überraschend und fest, dass ich fast an den letzten Resten des Orangensaftes zu ersticken drohte. Aber ich überlebte an diesem Morgen.
Noah drehte sich galant zur Seite und war sichtlich stolz. Er brachte mir einen Teller voll Obst und einen Joghurt.
„Danke."
Langsam merkte ich, dass mein Körper erste Anzeichen, aufgrund meines eingeschränkten Essverhaltens, von sich gab. Fast acht Kilo hatte ich in den letzten sechs Wochen verloren. Größe 36 saß nun mehr als locker; meinem Körper zuliebe versuchte ich zumindest, eine Mahlzeit am Tag zu mir zu nehmen. Auch wenn ich kein wirkliches Hungergefühl verspürte.
Es war fast Mittag, als wir das Motel verließen und das besagte Segelboot aufsuchten. Es war ein kleiner Fußmarsch von wenigen Minuten Richtung Meer. Es war ein herrlicher sonniger Sommertag, ich ließ meine Hand über das halblange Gras gleiten.
Und Noah beobachtete mich ganze drei Minuten, bevor er mich dann endlich fragte oder vielmehr feststellte. „Dir geht's heute nicht gut?!"
Ich nickte nur stumm mit dem Kopf. Sagte dann schließlich: „Nein, nein, mir geht's heute nicht gut."
Ich schüttelte den Kopf und presste meine Augen fest zusammen, hielt mir die rechte Hand vor das

Gesicht, um trotz der strahlenden Sonne etwas zu erkennen. Wir waren fast am Strand angelangt. Über den kleinen Weg, der direkt vom Haus hierherführte. Spaziergänger und Jogger liefen uns über den Weg. Es war ein heißer Tag, wolkenlos. Wir hockten uns in den Sand, blieben weit vom Meer entfernt. Der Strand war breit; am Ende des Strandes, wo wir uns befanden, waren weniger Leute. Wir blieben versteckt hinter dem langen Gras und den Sträuchern.

„Die Wellen sind heute besonders hoch", bemerkte ich.

„Ja, super Wind, tolles Wetter zum Segeln, später."

„Ich war schon einmal hier, ist schon eine ganze Weile her, fühlt sich aber an, als wäre es gestern gewesen. Eigenartig oder nicht? Wie man sich manche Dinge merkt und andere im Handumdrehen wieder vergisst?"

Er nickte stumm und blickte auf das Meer.

„Ich glaube, Sterben ist leicht. Ich denke, es tut nicht weh, nur für die, die am Leben bleiben tut es am meisten weh. Ich weiß noch, dass sie es mir nicht sagen wollten. Ich erinnere, dass mein Vater ins Leere gestarrt hat. Tagelang. Tante Rosie war öfter als sonst bei uns im Haus. Und ich weiß noch, dass ich mich am ersten Tag, als sie nicht nach Hause kam, gefragt habe, ob wir was falsch gemacht haben. Mama wollte doch immer, dass wir nach dem Aufstehen die Betten machen. Ich hielt es für eine Zeitverschwendung. Ich dachte mir, vielleicht ist das der Grund, wieso sie nicht nach Hause kommt. Also ging ich nach oben und machte mein Bett und das Bett von Casey. Dann lief ich in das Schlafzimmer von meinen Eltern, machte auch das Bett von Mom und Dad. Obwohl es unberührt war. Es wurde Nachmittag, und sie kam nicht. Mein Vater saß noch da wie zuvor. Reglos und mit tiefen Augenringen. Casey spielte mit ihrer Puppe. Tante Rosie schruppte den Boden. Immer und immer wieder. Er war doch sauber. Also ging ich wieder nach oben und sah, ob die Betten noch gemacht waren. Ich räumte mein ganzes Zimmer zusammen, stellte alles an den Platz, wo es hin gehörte. Sie kam nicht. Ich wollte so sehr, dass meine Mutter wieder nach Hause kam, also zeichnete ich ihr ein Bild. Von uns als Familie mit Rosie. Ich zeichnete uns fröhliche Gesichter, weil unsere Mutter immer gesagt hatte, wir sollten lächeln. Sie sollte sich an unser Lächeln erinnern. Mit der Zeichnung in der Hand lief ich die Stiegen wieder hinauf, schob die Tablettenschachteln zur Seite und legte ihr die Zeichnung auf den Nachttisch. Die Bettlaken waren glatt, es wurde bereits dunkel. Jetzt müsste sie bald wiederkommen, dachte ich. Wollte die Erste sein, wollte sichergehen, dass sie mich fand, wenn sie nach Hause kam, also legte ich mich vorsichtig in ihr Bett, das nach meiner Mutter roch. Das Zimmer wurde immer dunkler, ich nahm meine Armbanduhr

und hielt sie in der Hand. Wartete, bis der Zeiger weiterrückte. Vier Tage lang wartete ich auf meine Mutter. Bis sie mir sagten, dass sie nicht mehr nach Hause käme.
Und dabei wollte ich doch auf sie aufpassen."

„Noah?"
„Ja?"
„Das Wetter passt eigentlich gar nicht zu so einer Situation."
„Was?" Noah lächelte kurz und wischte mir eine Träne vom Kinn.
„In Filmen regnet es immer, wenn eine traurige Szene passiert. Und im echten Leben scheint die Sonne."
„Gestern, gestern hat es geregnet."
„Ja, gestern hat es geregnet."
Demonstrativ boxte er jetzt in den Sand und rief: „Verdammtes Kalifornien, hier muss es auch immer sonnig sein." Dabei flog mir mit dem Windstoß der ganze Sand ins Gesicht.
Woraufhin ich kurz lachen musste.
„Liz, egal, wann du mich brauchst, ich bin für dich da."
„Ich schaffe das schon. Das ist nicht das erste Mal, nur dieses Mal hat es mich echt verdammt hart und unvorbereitet getroffen."
Ich lachte kurz in mich hinein „Und ich meine, das ist es, das ist mein Leben, meine Geschichte. Wo ist

mein Happy End?

„Wer weiß das schon, Liz? Aber ab sofort haben wir eine Entschuldigung, schon ab Mittag Rotwein zu trinken."

„Und wo ist der Rotwein?"

„Auf meinem Segelboot."

Ich musste wieder lächeln, bei dem Gedanken, dass Noah ein Boot lenkte. Ein letztes Mal wischte ich mir die Tränen von der Wange.

„Dann gehen wir mal zu deinem tollen Segelboot."

Nach zwei Flaschen Rotwein waren wir zwar nicht mehr nüchtern, aber uns ein ganzes Stück näher.
Ich fühlte mich wie in eine andere Zeit versetzt. Noah zuckte die Playlist auf seinem Smartphone und schloss es an die Boxen an. Mit beiden Armen ausgestreckt lehnte ich mich an das Geländer und lauschte dem Song von Lynyrd Skynyrd (Simple Man):

Mama told me when I was young …

Wie im Bilderbuch segelten wir dem Sonnenuntergang entgegen. Im Bilderbuch hätten wir wahrscheinlich aus edlen Gläsern getrunken, ich hätte nicht verweint an der Reling gestanden, und meine Haare würden ganz wunderbar aussehen und sich nicht bewegen. Noah hätte nicht seine ausgewaschenen Hawaii Shorts an und dazu ein weißes Muskelshirt getragen. Nein, im Bilderbuch hätte er elegante Mokassins mit dunkelblauen Shorts und einem Polohemd angehabt. Aber wir waren in keinem Bilderbuch, wir waren echt. Also tranken wir den Wein aus Pappbechern und sahen vielleicht nicht perfekt aus. Wir hielten den Moment auch nicht für das Social Media Network fest, er war einfach da. Dennoch zückte ich mein Smartphone und fotografierte Noah. Wie er gerade mit einer Hand die Leinen löste, während er mit dem Fuß versuchte, den Becher zu balancieren. Ich wollte den Moment für mich behalten. Gerne hätte ich ihm gesagt, was es für mich bedeutete, ich spürte, dass ihm wirklich viel an mir lag. Das machte meine derzeitige Situation etwas erträglich.

Kapitel 18

Es tut mir leid
Liz

„Liz, es tut mir leid. Ich brauche dich!"
Da saß er, gestriegelt in seiner Business-Aufmachung, die gewohnt raue Stimme. Seine perfekten Gesichtszüge mit dem markanten Kinn und den stechend blauen Augen und dazu eine etwas ungewohnte Miene. Leicht bedröppelt sah er aus, deutliche Augenringe zeichneten sich unter seinen Augenliedern ab. Einen Blumenstrauß hatte er auch dabei, während er gerade mit der anderen Hand dabei war, einen Anruf wegzudrücken und sein Smartphone wieder in der Hosentasche verschwinden zu lassen.
Ein kleiner Blick zu Noah und Rosie verriet, dass sie anscheinend genauso verwundert waren wie ich. Leise warf ich die Autotür zu und nahm mein Gepäck aus dem Kofferraum.
Woraufhin Jason über die Treppen der Veranda heruntereilte und mir zur Hand gehen wollte.
Doch ich blockte ab. „Es geht schon."
Ich winkte Rosie und Noah zum Abschied und schob mich an Jason vorbei.
Die Gesichter der beiden waren noch immer vom Schock, oder was auch immer, gezeichnet. Mit offenen Mündern blickten sie in meine Richtung,

woraufhin ich eine leichte Bewegung mit der Hand machte. Noah deutete das Zeichen richtig und wollte losfahren. Doch der Motor starb ab, und so blickten die beiden noch immer entgeistert in meine Richtung. Ein etwas sehr peinlicher Moment für Noah, da er ja immer so prahlte mit Gangschaltung fahren zu können. Und ich stand da, mit der Frage, ob ihnen bewusst war, dass sie sich nicht fortbewegten. Einige Sekunden vergingen, Noah stellte den Motor an und bog in die nächste Einfahrt zu Rosie ein.
„Liz, können wir reden? Es tut mir leid, wie das alles gelaufen ist. Ich weiß, ich mache ständig Fehler, aber ich liebe dich, Liz ich brauche dich. Ich gehe durch die Hölle, wenn du nicht in meiner Nähe bist."
„Ach du bist durch die Hölle gegangen? Nur zu deiner Information, ich hatte in den letzten Wochen auch keinen angenehmen Waldspaziergang."
„Lass es uns noch einmal versuchen."
„Du kannst das nicht immer machen!"
„Was?"
„Einen Schritt vor, tausend zurück!"
„Ich will diese Spielchen nicht mehr spielen. Sich tagelang nicht melden."
„Ich hatte viel zu tun, jetzt bin ich ja hier."
„Verdammt, Jason! Entscheide dich!"
„Okay, ich entscheide mich, ich entscheide mich für dich."
„Nein! Ich will, dass du dich für mich entscheidest, weil du es willst, nicht, weil du es musst."

„Was? Ich verstehe nicht, was du redest, aber komm nach Hause."
„Nein, Jason."

Er streckte mir die Blumen entgegnen; im selben Moment, von der Emotion gepackt, flogen sie nur so im hohen Bogen durch die Luft. Kamen auf dem ausgebrannten Vorgarten zu liegen.
„Hör zu! Ich will weder Blumen noch reden! Ich kann das nicht mehr."
Die Wut kochte dermaßen in mir hoch, dass ich mich nur schwer bändigen konnte. Eigentlich wollte ich ihm nicht mit all meiner Kraft zur Seite zu stoßen, doch ich tat es.
Er wich mir wortlos aus; ich hievte mein Gepäck die drei Stufen hoch und Richtung Tür, welche ich so schnell wie selten zuvor aufsperrte. Schloss sie abrupt und setzte mich als Erstes auf die Couch. Spürte mein Herz in der Kehle klopfen. Mein Smartphone vibrierte; ich sah, dass Rosie versuchte, mich zu erreichen.
„Ja?"
„Wenn ich ihn umbringen soll, mach ich es. Ich lasse es wie einen Unfall aussehen."
„Danke Rosie, aber mache dir die Hände für ihn nicht schmutzig."
„Wenn er noch einmal vorbeikommt, kann ich aber für nichts garantieren."
„Ich auch nicht …"

Infolgedessen packte ich den Koffer aus; während ich die Kleider herausnahm, der Sand mir entgegenrieselte, musste ich an jene Nacht mit Noah denken. Was macht er nur mit mir? Und wieso ist Jason wieder aufgetaucht?
Ein weiteres Mal vibrierte mein Smartphone. Diesmal war es Noah.
„Hey."
„Hey."
„Heeeey, ich wollte fragen, ob ich deinen Rasen mähen sollte? Bevor er zu lange wird."
Ich ging zum Fenster, suchte lange nach einem Rasen, der gemäht werden sollte. Es befanden sich lediglich ausgetrocknete gelbe Büschel und kahle Stellen auf meinem Rasen. Gut, ein wenig Gras war zu erkennen, aber es musste nicht gemäht werden.
„Welchen Rasen meinst du?"
„Ich könnte ja vorbeischauen, auch wegen der Rosen, die gehören wieder gedüngt, hast du sie schon gedüngt? Wie ich es dir gesagt habe."
„Nein, habe ich wohl vergessen."
„Kein Problem, ich schau vorbei."

Wir wussten beide, dass er weder wegen meinem Rasen noch wegen der Rosen gekommen war. Er wollte mich sehen, und ich wollte ihn sehen. Als ich ihm die Tür öffnete, bemerkte ich als Erstes den Duft, holzig und maskulin. Er streifte an mir vorbei; unsere Blicke trafen sich, und ich lächelte.

„Kaffee?"
„Sehr gerne."
„Hast du schon einmal einen äthiopischen Kaffee getrunken? Habe ich von Downtown mitgenommen, ist wirklich der Hammer."
„Ist schon ewig her, ich glaube, als ich mit meinen Eltern in Afrika war, damals mit 12 oder so."
„Du hast mit zwölf schon Kaffee getrunken?"
„Ich sagte doch, ich war ein Rebell."
Ich stellte die Kanne auf, der Duft nach Gewürzen und Kaffeebohnen verbreitete sich im ganzen Haus. Standesgemäß machten wir es uns auf zwei Polstern auf dem Boden gemütlich und nahmen die Schälchen in die Hände.
„Cheers auf San Diego."
„Auf San Diego."
„Ich wollte dir nur sagen, es hat mir echt viel bedeutet, dass du das alles für mich gemacht hast, du weißt schon, das mit dem Segeltörn und so."
„Was wollte er hier?"
„Jason? Keine Ahnung, sich entschuldigen, mir Blumen schenken, ich weiß es nicht."
„Ja, die liegen jetzt in deinem Vorgarten."
„Ich weiß, ich habe sie theatralisch im hohen Bogen geschmissen."
„Dabei hast du bestimmt wahnsinnig lässig und cool gewirkt."
„Ja, vermutlich schon."
„Ganz bestimmt."

„Weißt du was?"
„Was?"
Er zog mich hoch und ging zum Schallplattenspieler.
„Komm, tanz mit mir!"
„Was hier?"
Ich dachte ehrlich gesagt nie, dass das Gerät je seinen Zweck erfüllen würde. Aber als ich das Haus mietete, war es inbegriffen, und somit war es für mich eine nette Deko.
Daneben waren genau drei Platten, wobei die erste, die er auflegte, anscheinend nicht mehr funktionierte. Aber die zweite lief, wie geschmiert: Simon & Garfunkel. Jetzt war mir der Vorbesitzer des Hauses noch sympathischer. Die ersten Melodien von „The sound of silence" waren zur hören, dazu war das Wohnzimmer im Abendrot gefärbt.
„Darf ich bitten?"
„Du darfst."
Wir stolperten die ersten Takte so dahin, bis wir uns krümmten vor Lachen.

Kapitel 19

Tanzunterricht
Liz

Mein Alltag bestand nun wieder darin, mir morgens gegen 9 Uhr Kaffee zu machen. An der Milch zu schnuppern, nach etwas Essbarem im Kühlschrank zu suchen und dann den offenen Stellenmarkt zu durchforsten. Es war frustrierend. Also versuchte ich es mit Yoga. Wenn ich mich schon so schwer damit tat, eine Arbeit zu suchen, wollte ich immerhin wieder meine innere Mitte finden. Ich gab mir echt Mühe. Konnte sogar den Sonnengruß und den Hund. Von der weißen Kommode holte ich meinen Vanille-Duftkerzen, stellte sie in einem kleinen Kreis auf und ging über zur Meditation. Es war mir einfach unerklärlich, wie man bei einer Meditation an rein gar nichts denken konnte. Ich meine, selbst, wenn ich an gar nichts denke, denke ich doch, dass ich an gar nichts denken muss.
Meine Gedanken wanderten zu Noah. Ich glaube, er hat wieder angefangen zu schreiben, er späht nur mehr selten über den Gartenzaun. An diesem Tag wartete ich auf seinen Anruf, wir mussten nämlich um 17 Uhr in Downtown LA sein, um eine Tanzstunde zu nehmen, die uns meine Schwester verordnet hatte. Keine Ahnung, warum es ihr so wichtig war, dass ich den Viervierteltakt beherrsche. Noch nie hatte

jemand angemerkt: Ach und habt ihr die Trauzeugin gesehen, sie konnte nicht tanzen.

Nach meiner dreieinhalbminütigen Meditation fühlte ich mich noch genauso wie zuvor. Schaute zuerst auf mein Smartphone, danach auf das Haustelefon, er hatte noch immer nicht angerufen. Danach stellte ich mir ungewöhnliche Fragen wie: Soll ich nach ihm sehen? Vielleicht hat er einen Herzinfarkt bekommen? Vielleicht einen Schlaganfall? Und seit wann mache ich mir Sorgen um ihn?

Er würde mich schon rechtzeitig abholen. Wen interessierte es, dass er heute nicht nach mir gesehen hatte? Er hatte bestimmt anderes zu tun. Ganz bestimmt.

Es waren noch zwei Stunden bis vier, wir hatten ausgemacht, um halb vier zu starten. Also nahm ich ein Bad und rasierte mir die Beine, während ich beschloss, mir einen Rotwein einzugießen. Schlagartig dachte ich wieder an den Segeltörn, während ich mir mit beiden Handflächen die Augen zuhielt. Seltsam, dass ich seit geraumer Zeit ständig an ihn dachte. Ich meine, er ist auch eine eigenartige Figur, die einem im Gedächtnis bleibt. Ohne Frage. Doch für meine Verhältnisse war es nun doch ein wenig zu viel.

Ich stieg aus der Wanne, trocknete mich ab und schlüpfte in mein Kleid. Dazu zog ich meine Tanzschuhe an. Diese Tanzschuhe, zu diesen Schuhen kann ich eigentlich nur sagen, ich würde sie nicht als etwas bezeichnen, dass Frau tragen sollte. Der Absatz ging für mich nicht als Absatz durch und das Riemchen, nun ja, es würde schon seinen Zweck erfüllen. Meine Schwester hatte sie mir gebracht und versichert, mit diesen Schuhen könnte ich tanzen.

Ich trug etwas mehr Make-up als üblich auf, es war Kategorie „Abend-Ausgang". Und ich tupfte das gute Parfüm auf.

Ich schnappte mir meine Handtasche und lief, diesmal auf dem Gehweg, anstatt auf dem Rasen, zu Noah.

Noah, der erst nach dem achten Mal Klopfen aufmachte, sah irgendwie mitgenommen aus. Seine Haare waren zerzaust; er trug eine seltsame Jogginghose aus den 90er-Jahren und dazu ein rotes ausgewaschenes T-Shirt.

„Wie siehst du denn aus?"

„Du bist schon da?"

„Ja, ich wollte sichergehen, dass du auch etwas Ordentliches anziehst. Nichts, was mehr als zwei Farben hat."

In seinem Wohnzimmer waren überall Blätter verteilt, und der Laptop stand auf dem Boden.

„Kannst du mir sagen, was du machst?"

„Ach das? Ich räume bloß ein wenig auf."

„Nicht!", schrie er, als ich dabei war, ein Blatt aufzuheben.

„Bitte bringe meine Ordnung nicht durcheinander."

„Deine Ordnung?"
Ich ließ das Blatt fallen wie eine heiße Kartoffel und hob meine Hände.
„Ja, ich habe ein System in meinem Chaos hier. Und Liz, du siehst gut aus."
„Danke, deshalb möchte ich ja auch, dass du gut aussiehst."
Ich tätschelte ihm die Schulter und grinste.
„Also du hilfst mir, mich anzuziehen? Wofür denn?"
„Na für unseren Tanzkurs. Hast du den etwa vergessen?"
„Natürlich nicht, aber ich wusste nicht, dass ich mich dafür schick machen sollte."
„Ja bitte, ich kann keine Ablenkungen gebrauchen, ich möchte nicht, dass ich von irgendwelchen Mustern oder Regenbogenfarben abgelenkt werde. Verstehst du?"
„Also jetzt wertest du meinen Kleidungsstil ja ziemlich ab."
„Mach ich gar nicht. Das war nur eine Feststellung; ich kenne mich aus mit Mode. Ich habe schließlich mein ganzes Gehalt in Mode investiert."
„Investiert, klingt ja wie nach einer Aktie."
„Schau, wenn du dir das richtige Teil kaufst, kann es passieren, dass es in, keine Ahnung, 20 oder 40 Jahren mehr wert ist. Da können sich 5.000 Dollar für eine Handtasche schon mal lohnen."
„Wie bitte? 5.000 Dollar?"
„Ja."

„Amerikanische Dollar?"
„Jaaaaa."
„Wer gibt denn bitte so viel Geld für eine Handtasche aus?"
„Du wirst nicht glauben, wie viele. Hingegen fallen dann 500 Dollar für Schuhe gar nicht mehr auf."
„Was? Wer gibt denn bitte 500 Dollar für Schuhe aus?"
„Dir ist bewusst, dass du in einer Stadt lebst, in der gutes Aussehen als Religion gilt und in der der ein oder andere Schönheitschirurg angebetet wird."
„Ich lebe im Valley, hier ist es total normal, in Schuhen für 50 Dollar zu laufen. Diese hier sind einwandfrei, da gibt's nichts auszusetzen."
„Ja, so sehen sie auch aus."
„Ich könnte es mir gar nicht leisten, eine Frau zu sein."
„Ja, ich kann es mir leider auch nicht mehr leisten, eine Frau zu sein."
Ich warf mich theatralisch auf die Couch und ließ meinen Kopf zurückfallen.
Er tat es mir gleich und ließ sich neben mich fallen. Sah dann rüber zu mir, während ich noch mit zurückgeworfenem Kopf die Decke anstarrte.
„Liz?"
„Ja?"
„Wenn ich einmal 5000 Dollar übrighabe, werde ich dir eine ganz tolle Tasche kaufen."

48 Minuten später ...

„Hey Schmalzlocke, was glaubst du, wie die Damen aussehen würden, wenn du wartest, bis der 4/4-Takt einsetzt und nicht einfach drauflos hüpfst wie eine Gazelle! Uuuuuuund eins, zwei, drei, jetzt. Ich sagte jetzt und nicht fünf, sechs!"
Ich meine, Noah war nicht schlecht, er gab sich echt Mühe. Das sah man an seiner Miene, den zusammengekniffenen Augen, dem starren Blick, den Falten auf der Stirn. Mehrmals pustete er laut aus. Noah wirkte, als würde er als Nächstes seinen Notizblock zücken und sich alles notieren, um es dann Tag und Nacht zu lernen. Er griff sich mehrmals ans Kinn, um den Anweisungen Folge zu leisten. Aber wir mussten uns eingestehen, wir waren nicht die Begabtesten auf dem Tanzparkett.
Wir konnten ja damit umgehen, unser Tanzlehrer nicht. Er war ganz versteift auf unsere Hüften. Mehrmals ermahnte er uns, dass wir lockerer werden sollten. Ich weiß nicht, wieso er so versteift darauf war, dass wir unsere Hüften nicht so versteifen sollen. Vielleicht war das unser Stil. Er gab sich mit der Erklärung nicht zufrieden und war erpicht darauf, dass wir unsere Hüften mehrmals kreisen ließen. Also ließen wir sie kreisen. In Achterschleifen und verkehrten Achterschleifen. Er konnte danach eine deutliche Verbesserung sehen. Ich nicht. Aber er war schließlich der Profi.

Sein weit aufgeknöpftes Hemd, dazu die Brusthaare und die goldene Kette ließen ihn wie ein Relikt aus den 70er-Jahren erscheinen, die Schlaghose fehlte noch. Und welch eine Hingabe er versprühte, wenn er mit hochrotem Kopf Noah versuchte, Taktgefühl einzuimpfen. Ich sah das etwas lockerer, orderte mir inzwischen auch schon ein Glas Rotwein. Das wiederum war möglich, weil dieser Tanzunterricht in einem Lokal stattfand, welches zwar erst in einer Stunde öffnete, aber die Kellner waren bereits anwesend, also nutzte ich meine Chance.

Es gab talentierte Tänzer, weniger talentierte Tänzer, und es gab Noah und mich. Doch unser Tanzlehrer, Richard, war motiviert. Er sah wohl seine Lebensaufgabe darin.

Auch zwei Stunden später waren wir nicht die Tänzer aus „Dirty Dancing", aber wir traten uns nur mehr halb so oft auf die Füße, was ich definitiv als Pluspunkt verbuchte. Ich weiß nicht, was unser Tanzlehrer danach dachte, vielleicht strebte er nach uns einen anderen Werdegang an.

Wie dem auch sei, wir hatten unseren Spaß. Ich führte. Noah sah immer noch auf meine Füße, seine Hüfte war steifer denn je. Sein Blick ruhte zielgerichtet auf meinen Schuhen, er wollte sichergehen, dass er auch nicht darauf trat. So meisterten wir unsere ersten Tänze. Das einzig Positive, was ich dem abgewann, war, dass Noah groß war, wir gaben sicher ein schönes Tanzpärchen ab.

Rosie erschien und beobachtete das Spektakel aus sicherer Entfernung, mit einer Zigarette und einem Glas Rotwein. Ich glaube, sie trank meinen. Zum Thema „Rotwein" kann ich nur sagen, er verlieh mir Selbstbewusstsein. Ich fühlte mich schwerelos wie eine Ballerina.

Hingegen trank Noah Mineralwasser. Der Unterschied war deutlich zu erkennen. Er war keine Ballerina.

Kapitel 20

Bachelorette Party
Liz

La Noche oder Los Noches oder Los Nachos. Wie auch immer, das war gerade der angesagteste Club in L. A., um einen Tisch zu reservieren, musste man schon Monate zuvor anfragen. Was ich leider versäumt hatte. Dies erklärte mir die unfreundliche Rezeptionistin. Und dabei wollte ich für meine Schwester etwas ganz Besonderes zu ihrem Junggesellinnen-Abschied vorbereiten. Etwas Nobles, etwas mit Klasse, etwas mit Stil und keine pinken T-Shirts mit peinlichen, zweideutigen Sprüchen. Ich hatte nicht gedacht, dass eine Party mit sechs Mädels inklusive Braut so viel Arbeit sein könnte. Ich kannte mich doch eigentlich mit Feiern aus.
Jetzt hatte ich noch 24 Stunden Zeit, um irgendetwas zu organisieren. Las Vegas? Wie wäre es mit Vegas? Man weiß nie, was einen erwartet, wenn man nach Vegas fährt, von daher ...
Ich griff erneut zum Smartphone.
„Was hältst du von Vegas?"
„Ja, ich finde, Las Vegas ist eine beeindruckende Stadt, jedoch macht mir der enorm hohe Wasserverbrauch zu schaffen. Ich weiß nicht, wie lange das die Stadt, Sin City, wie sie auch genannt

wird, noch aushält. Aber doch bemerkenswert, wie aus dem Nichts mitten in der Wüste diese Stadt entstand."

„Okay, stopp! Ich meine, was hältst du von Vegas für den Junggesellinnen-Abschied?"

„Was wirklich? Du fragst mich um einen Rat? Da fühle ich mich doch ein wenig geehrt."

Ich konnte ihn, auch wenn er nicht wirklich da war, grinsen sehen.

„Ja, beruhige dich wieder."

„Ich dachte, du willst in einen Club in Hollywood. In dieses Nachos."

„Ja, äh, nein, ich habe es mir anders überlegt."

„Ja klar, Vegas ist gut."

„Wir brauchen einen Bus. Einen Van oder so. Wir wären dann zu acht."

„Ich habe einen Van."

„Wo?"

„In meiner Garage."

„Davon hast du mir noch nie erzählt."

„Ja, du hast mich ja auch noch nie danach gefragt."

„Wie auch immer, wenn du so nett wärest und uns vielleicht fahren könntest?"

18 Minuten später beäugten wir stillschweigend den Wagen.

„Bist du schon mal mit dem Wagen gefahren?"

„Ja, wieso?"

„Weil er so aussieht, als wäre er lange, sehr lange vor unserer Zeit nicht mehr in Betrieb genommen worden."

„Gar nicht wahr. Der fährt noch. Mein erstes Auto!" Stolz klopfte er auf den vorderen Kotflügel und ergänzte: „Mit dem habe ich so viel erlebt, ich habe quasi die halbe Ostküste mit dem Wagen abgeklappert."

„Ist nicht wahr."

Stolz und ein wenig vorsichtig, lehnte er sich gegen die Motorhaube. Putzte sich dann beide Hände von der Zentimeter hohen Staubschicht ab, die erahnen ließ, dass es schon einige Zeit her war, dass damit gefahren wurde. Der Wagen war rot, etwas ausgebleicht, ein Ford, am Kofferraum konnte ich ablesen, dass es sich um das Model Ford Transit handelte. Ich bin keine Autoexpertin, konnte jedoch erkennen, dass dieser Wagen nicht besonders fahrtüchtig aussah; zudem war er hässlich. Sehr hässlich. Doch er hatte Platz für acht Personen, daher musterte ich schon einmal den Innenraum.

„Also fahren wir nach Vegas!" Er klatschte voller Euphorie in die Hände und konnte selbst kaum glauben, was er da von sich gab.

Danach kehrte Stille ein, bis diese von meinem Smartphone unterbrochen wurde. Ein Blick darauf „Jason" und dann ein Blick zu Noah. Der in dem Moment genau wusste, wer dran war.

„Ich gehe kurz raus, ja?"

Er sagte nichts, deutete mir bloß den Weg in den Garten.

„Was gibt's, Jason?"
„Wo bist du? Ich war bei dir zu Hause."
„Ich bin bei Noah."
„Wem? Wer ist Noah? Die Bohnenstange? Dein Nachbar?"
„Ja, die Bohnenstange." Ich drehte mich Richtung Noah und beobachtete ihn dabei, wie er liebevoll das Auto vom Staub befreite. In etwa so, als würde er gerade einen Ferrari polieren.
„Hör zu, ich habe jetzt momentan keine Zeit zu reden. Ich muss auflegen. Telefonieren wir ein anderes Mal, ja?"
„Komm nach Hause!"
Mein Magen verkrampfte sich bei den Worten; ich antwortete darauf schlicht und einfach: „Ich bin zu Hause." Streng genommen war ich bei Noah, der wohl, wie ich in dem Moment bemerkte, ein Teil von meinem neuen Zuhause war.
Im selben Moment, ohne auf einen Konter zu warten, beendete ich das Gespräch, ging zurück in die Garage und nahm einen Eimer, füllte ihn halbvoll mit Wasser. Nahm einen Lappen und half ihm, das Fahrzeug auf Vordermann zu bringen. Wir füllten Motoröl nach, pumpten Luft in die Autoreifen, ich saugte das Auto aus. Dabei hörten wir laut Musik und tranken dazu Bier.
Die Zeit verflog; ehe wir uns versahen, war es schon gegen 23 Uhr.
„So! Sieht ja fast wie neu aus."

Darauf hätte ich jetzt sagen können, ja bis auf die Megabeule rechts vorne und das ausgebleichte Rot und so weiter. Mein Blick ließ das Gedachte kurz aufblitzen, jedoch schwieg ich ihm zuliebe. Er war so stolz auf dieses Auto. Warum auch immer.
Noah holte uns weitere zwei Bier. „Damals war ich gerade 19 geworden, hatte mein Buch veröffentlicht und mein Vater …, na du weißt schon."
„Nein. Erzähl mir, wie war das damals?"
„Mein ganzes Leben hatte ich mir Mühe gegeben, diese Familie zusammenzuhalten. Mom und Dad hatten sich quasi nichts zu sagen. Daher war es meine Aufgabe, verstehst du. Ich wollte sie lachen sehen. Sie bei Laune halten.
Doch dann geriet alles außer Kontrolle. Die Machenschaften von meinem Vater konnte ich nicht mehr kontrollieren, das war einfach zu komplex. Aber ich hätte es ahnen müssen. Ich hätte es ahnen müssen, Liz."
„Wie denn?"
Er sah nachdenklich aus. Starrte leer auf den Fußboden, dachte angestrengt nach. Schüttelte den Kopf, presste die Lippen aufeinander und zuckte kurz mit den Schultern.
„Ich hätte es ahnen müssen!"
„Komm schon, du warst quasi ein Kind."
„In der Schule war ich nicht gerade eine Leuchte. Aber ich konnte meine Eltern zum Lachen bringen. Das war schön, weißt du, wenn das Leben manchmal

noch so bitter ist, dass es einem fast surreal erscheint, ist es einfach schön, wenn man über irgendetwas lachen kann. Ich verehre Menschen mit dieser Gabe."
„Du bist ja auch witzig", bemerkte ich und trank wieder einen Schluck.
„Du lachst mich aus, das ist etwas anderes."
Ich schüttelte nur den Kopf und lächelte ihm aufmunternd zu.
„Damals musste ich mir eingestehen, dass ich verloren hatte, ich hatte alles probiert, um diese Familie zu retten. Am 12. März gab es nichts mehr zu lachen, als er in Handschellen abgeführt wurde."
Ich strich ihm über das Knie. „Wie lange muss er noch sitzen?"
„Vier Jahre."
„Und dann?"
„Gute Frage."
„Ich glaube, meine Mutter wird ihn zurücknehmen, weil man das eben so macht. Du weißt schon, wie in guten so in schlechten Zeiten. Aber verzeihen wird sie ihm das nie können."
Danach stand ich auf, wankte kurz und bemerkte, dass ich wohl ein oder zwei Bier zu viel hatte.
„So ich werde mal gehen, ist echt schon spät."
„Gute Nacht, Liz, bis morgen."
Ich winkte zum Abschied und torkelte durch die offene Garage Richtung Garten.
Er schrie mir noch nach: „Und sei morgen pünktlich!

Hörst du!"

Am nächsten Morgen war ich pünktlich. Gepackt mit einer kleinen Reisetasche saß ich auf den Treppen meiner Veranda. Und es passierte tatsächlich: Noah kam mit dem roten Ford angerollt. Er machte ein eigenartiges Geräusch, doch ich war weder Mechanikerin noch kannte ich mich besonders gut mit Autos aus. Ich vertraute Noahs Kompetenzen.
Mit einem festen Ruck öffnete ich die Hintertür des Wagens und platzierte mich. Es war ein wenig peinlich, so durch Beverly Hills zu fahren, denn bei jeder zweiten Ampel leuchteten zwei Lichter auf, die anscheinend dafür verantwortlich waren, dass er den Wagen wieder abstellen und erneut starten musste. Er versicherte mir, es sei nichts Tragisches, eine Kleinigkeit, nichts, worüber ich mir Sorgen machen müsste.
Beim Haus von Casey angelangt, sahen wir in vier Gesichter von hübschen jungen, reichen Mädels und ich sah in das von Casey.
„Was zur Hölle ist das für ein Wagen." Das stand ihr förmlich ins Gesicht geschrieben.
Ich überspielte alles. Schließlich war ich für gute Laune zuständig.
„Hey, Hey, Heeeeey!" Ich klatschte dabei in die Hände.
Stille und das Tuckern des Wagens waren zu hören, als ich die Tür öffnete.

Die Mädels und Casey wussten nicht, ob es ein Scherz war oder ob sie tatsächlich in diesem Wagen nach Las Vegas transportiert werden sollten.
Die eine kleine Blondine sagte: „Ist ja witzig, aber kommt die Limo noch oder fahren wir wirklich mit dem?"
Casey schluckte kurz und blinzelte vermehrt.
Schließlich stiegen alle Damen mit ihren kurzen Kleidern und den Mörder High-Heels ein, während ich den Sekt in die Plastik Becher eingoss. Wir alle benötigten den Alkohol dringend; kurzerhand schenkte ich eine weitere Runde ein.
Casey sah auch nach dem zweiten Becher nicht sonderlich glücklich aus.
Ich fühlte mich schuldig, vielleicht war es nicht die perfekte Limo und kein Champagner, aber wir konnten dennoch Spaß haben, versuchte ich, ihr mit meinem aufmunternden Blick irgendwie zu vermitteln.
Auch Noah gab sein Bestes, wie stets versprühte er gute Laune.
Dann passierte etwas, wir waren nicht weit gefahren. Es war dunkel, und wenn ich mich recht erinnere, waren wir ca. 30 Kilometer gefahren – am anderen Ende des Valley. Die Lichter, die zuvor schon aufschienen, leuchteten nun erneut, außerdem waren ganz seltsame Geräusche zu hören.
Noah fluchte: „Die Lenkung, irgendetwas stimmt mit der Lenkung nicht."

Nichts, was man hören will, wenn man sich in einem fahrenden Wagen mit einer Geschwindigkeit von mehr als 50 Kilometern pro Stunde befindet.
Da stieß der Wagen weißen Rauch aus, wir bemerkten, wie die rechte Seite des Wagens nun tiefer schien. Wir hielten uns an den Sitzen fest, und ich versuchte, nicht laut loszuschreien.
Irgendwie, nachdem wir bereits gegen die Bankette und dann wieder auf die Straße gefahren waren, kamen wir fast zum Stehen. Noah hatte die Handbremse angezogen und so versucht, irgendwie den Wagen nicht ins Schleudern zu bringen.
Ein wenig wurde geschrien, zwischenzeitlich sahen wir Bäume, eine Wiese, Autos und wieder Bäume. Eigentlich sieht man sonst nie Bäume am Straßenrand. Nie!
Als der Wagen schließlich stand, atmeten wir alle tief durch, und ich fragte kurz:
„Alles in Ordnung?"
Noah sprang als Erster aus dem Wagen und öffnete uns die Tür, half jedem raus; dann beschlossen wir, zu Fuß das nächstgelegene Gebäude, Tankstelle oder was auch immer aufzusuchen.
Die Stimmung war zu dem Zeitpunkt am Tiefpunkt. Sechs Mädels mit High-Heels und kurzen Kleidern irgendwo auf einer Straße im San Fernando Valley. Es war kalt, es war stockdunkel, und keiner hatte Lust, mit solchen Schuhen mehr als 10 Meter zu laufen. Und der einzige Grund, wieso wir kein

Taxi riefen war, weil uns Noah alle 10 Sekunden versicherte, dass gleich da vorne eine Bar sei.
Noah war positiv gestimmt, er grinste. Ich kannte Noahs Grinsen mittlerweile, es war ein wenig verfälscht, von leichter Hysterie geplagt. Zumal er wusste, dass man es sich mit Damen, die Schuhe trugen, die nicht zum Gehen konstruiert worden waren, nicht verscherzen durfte.
Zwei Mädels verweigerten beinahe die Schritte.
„Ich gehe keinen Meter mehr!"
„Ich schwöre, da vorne ist eine Bar."
„Das hast du da hinten auch schon gesagt."
Ich sah zu Casey, die innerlich glühte; ihre Gesichtsfarbe war ganz weiß vor lauter Zorn.
Ich strich ihr über den Arm, und sie zuckte weg.
Irgendwann zischte sie: „Ich finde das echt nicht lustig, Liz! Jedes Mädchen hat nur einmal einen Junggesellinnen-Abschied, und ich wollte einen tollen außergewöhnlichen haben. Einfach Spaß haben. Und jetzt sind wir hier in der Prärie, es ist verdammt kalt, und meine Füße tun weh."
„Es tut mir leid. Aber ich bin einfach nur froh, dass keinem etwas passiert ist."
„Ja, das wäre ja noch schöner! Mensch Liz!"
Plötzlich schrie Noah: „Da! Ich wusste es. Hier ist sie!"
Tatsächlich, mitten im Nirgendwo mit einem roten Schild „Turn Bar" beschriftet tauchte eine Bar auf. Die Leuchtreklame flackerte; auf der Fassade

war eine Zeichnung von einer Frau mit riesigen Brüsten und einem viel zu kurzen Kleid abgebildet. Als ich das Schild sah, vermutete ich, dass es sich nicht um eine Bar handeln würde, wo wir für gewöhnlich unsere Drinks einnahmen. Aber ich war dennoch positiv gestimmt, weil auch Noah so eine Fröhlichkeit an den Tag legte. Und dabei war sein Auto gerade eingegangen.

Noah öffnete uns die Tür zur Bar; wir stöckelten hinein, zwei der Mädels trugen die High-Heels bereits in den Händen.

Casey sah nur mehr wütend aus. In ihren Augen war der Abend ein volles Desaster. Was mich wiederum nur dazu anspornte, das Beste daraus zu machen.

Als wir die Türschwelle betraten, bemerkte ich, wie sich 80 Prozent der Leute in unsere Richtung drehten und aufhörten zu reden.

Mein Blick folgte dem Gesumme auf der Bühne, wie ich nun feststellte, war an jenem Abend Karaoke-Abend. Und ich hätte es selbst nicht geglaubt, hätte ich die Bar von außen gesehen.

Wir nahmen alle an der Theke Platz; es war kein freier Tisch für eine Gruppe wie uns verfügbar; daher gaben wir uns mit den Barhockern zufrieden.

Casey war neben mir und zischte irgendetwas, während sie mit einem Taschentuch den Barhocker von irgendwelchen Flüssigkeiten befreite.

„Was sagst du, Casey?"

„Ich sagte, das ist doch das Letzte."

„Komm schon, ich sagte doch bereits, es tut mir leid. Aber versuche doch, ein bisschen Spaß zu haben."
„Was soll ich denn bitte in einer so heruntergekommenen Bar?!"
„Sieh nur, heute ist sogar Karaoke-Abend." Ich deutete auf den betrunkenen Mann, der sich mehr oder weniger am Mikrofon festhielt, als rein zu singen.
Er bewegte vielmehr seine Lippen zu dem Song „More than a feeling".
Sie setzte sich beleidigt auf den Hocker und sah mich dabei nicht mehr an.
Ich schaute zu Noah, der mit dem linken Fuß wippte und mit der rechten Hand so tat, als würde er Schlagzeug spielen. Hastig rutschte ich vom Hocker und ging auf ihn zu. „Das ist ein Desaster!"
„Was ist?" Er brüllte mir ins Ohr.
„Das ist ein D E S A S T E R!"
„Wieso? Ist doch gute Musik hier."
„Sieh dir nur Casey an!"
Wir blickten beide zu ihr, sie saß noch immer beleidigt auf dem Barhocker und wandte uns den Rücken zu.
„Vielleicht solltest du einen Song singen. Habt ihr einen Song, der euch an etwas erinnert?"
Ich musste nicht lange überlegen, in der Tat gab es einen Song, den wir beiden liebten, seit wir noch ganz klein waren.
„Bestell mir einen Tequila!", forderte ich Noah auf.

„Was?"
„Bestell mir einen Tequila. Sofort, bitte."
Er brachte mir den Tequila, und ich schüttete ihn herunter.
„Was hast du vor, Liz?"
„Ich werde nun ein Lied singen."
Ich sagte dem Mann, der irgendwie so aussah, als wäre er für diese Karaoke-Party verantwortlich, welchen Song ich singen wollte. Danach ging ich auf das Mikrofon zu, versuchte, mich nicht in den tausend Kabeln am Boden zu verheddern. Die Scheinwerfer blendeten mich; ich blickte mit zusammengekniffenen Augen in die Richtung unserer Gruppe.
Dann sprach ich: „Ich möchte dieses Lied für meine Schwester und für meine Mom singen, meine Schwester ist hier, und wir sind alle hier, weil sie bald heiraten wird. Daher bitte mal einen riesigen Applaus für meine Schwester."
Sie drehte sich in dem Moment um und schaute zu mir.
Tatsächlich applaudierte die Menge, und ich fügte hinzu: „Und für unsere Mom, die bestimmt zusieht und mitsingt."
Sobald die ersten Melodien erklangen, wippte mein Fuß, und auch der Fuß von Casey begann zu wippen. Sie ließ ihre verschränkten Arme nun locker und bewegte ihre Lippen. Ich hatte nicht das Zeug, Sängerin zu werden, dafür war meine Stimme nicht

außergewöhnlich genug, doch in der Schule war ich öfter gebeten worden, irgendwo mitzusingen. Und die Leidenschaft für diesen Song machte die paar schiefen Töne wieder wett. Das verriet das Synchronklatschen der Gäste. Die meisten hatten die Zeit, als der Hit von Don McLean in den Radios rauf und runter lief, noch live erlebt.

> Bye, bye, Mrs. American Pie, drove my Chevi to leevy but the levy was dry.

Während die ersten Zeilen die Gäste dazu bewegten, mit zu summen, sah ich meine Mutter vor mir, in einem weichen Abendrot in unserem Haus, an den wenigen Tagen, als sie glücklich war, wir für wenige Minuten all die Trauer vergessen konnten. Und ich meinen Blick von ihr gar nicht abwenden konnte, weil ich sie viel zu selten so glücklich sah.
Jedes Mal, wenn sie für uns das Lied spielte, hüpften wir im Kreis und sangen lautstark mit.
Gerne hätte ich sie heute hier, gerne hätte ich sie glücklich gesehen, so glücklich, wie wir in diesen Momenten waren. Sorglos, unbeschwert und einfach nur ein Kind.
Und als bei der Zugabe des Refrains alle mit einstimmten, war ich kurz sprachlos, nicht ich war es, die nun sang, sondern die komplette Bar. Alle, aber wirklich alle, hielten die Arme in die Luft und sangen mit. Irgendwo mitten im Nirgendwo in

einer Bar, die von außen so anrüchig wirkte, dass ich niemals freiwillig einen Fuß hineingesetzt hätte, passierte es tatsächlich, dass ich eine Gänsehaut bekam.

> Bye, bye, Mrs. American Pie, drove my Chevi to leevy but the levy was dry.

Ich musste an die Zeit denken, als wir wieder und wieder diesen Song auf CD anhörten und wir die Zeilen des Songs nicht verstehen konnten. Es ergab für uns keinen Sinn, wieso das Lied diesen Titel trug.
Casey und ich hielten uns an den Händen, wir trugen unsere schönen Kleider, schminkten uns mit dem Make-up meiner Mutter.
Unsere Mom lehnte an der Tür und hatte diesen seligen, nachdenklichen Ausdruck. Dann kniete sie sich zu uns und sagte: „Weil er für uns geschrieben wurde."
Und natürlich glaubten wir es.
Und sie dann auf unsere Bitten jedes Mal den Refrain sang.

Plötzlich war es gar nicht mehr schlimm, dass wir irgendwo fernab vom Schuss mit etwas älteren Semestern die Junggesellinnen-Party verbrachten.
Die Mädels tanzten, und wir tranken, bis die Sonne wieder aufging kurz vor halb 6 Uhr morgens. Ein

rosa Sonnenaufgang, der bereits den Spätsommer ankündigte, verwöhnte uns.

Caseys Kopf lag auf meiner Schulter; ich starrte weiter den atemberaubenden Sonnenaufgang an. Leicht rosa, leicht gelb.

Noah sah ebenfalls aus dem Fenster, aus dem rechten Fenster. Ich sah aus dem linken Fenster. Der Taxifahrer hielt als Erstes bei meinem Haus, und wie auf Befehl warfen Noah und ich uns einen Blick zu. Ich weckte im nächsten Moment Casey.

„Hey Casey, aufwachen, wir sind da."

„Danke, für alles. Es war ein toller Abend."

„Ja. Das war er."

Ich schnallte mich ab, nahm meine leicht lädierten High-Heels und begab mich aus dem Wagen. Noah winkte zum Abschied; ich inhalierte die frische, kühle Morgenluft.

Das Taxi bog in die Auffahrt von Noah ein, mein Blick hielt am Wagen fest.

Noah verließ den Wagen und ging in sein Haus.

Ich wartete einen Augenblick, lief dann barfuß, ein wenig auf Zehenspitzen, die Straße entlang. Noah war bereits zur Tür rein; ich spähte durch das Fenster auf der Veranda, welches einen Einblick in die Küche gewährte. Er trank gerade ein Glas voll mit Orangensaft auf einen Satz aus. Schenkte sich ein zweites ein und drehte sich wie auf Befehl um. Was mich wiederum wie auf Befehl zur Seite bewegte. Ich wartete ein paar Sekunden und spähte wieder durchs Fenster, doch er war nicht mehr in der Küche.

„Liz? Was machst du hier?"

Vor lauter Schreck schmiss ich die Handtasche nach ihm.

„Hast du mich erschreckt!"

„Wieso? Ich wohne hier!"

„Gott, ich hätte sterben können."

„Ja ... Was schleichst du hier herum?"

„Ich wollte fragen, ob du mir ein Käsesandwich machst?"

„Klar, mache ich dir ein Käsesandwich."

„Danke."

Ich küsste ihn zum ersten Mal mit voller Absicht auf die Wange.

Und er war nur halb so erstaunt, wie ich vermutete.

Er lächelte und strich mir den Rücken entlang.

„Ich lege mich auf die Couch. Okay?"

„Ja, mach's dir gemütlich."

Es lief das Frühstücksfernsehen. Doch mein Blick wich nicht von Noah, der gerade in der Küche dabei war, Butter zuerst auf die eine Toastscheibe, dann auf die nächste zu schmieren. Sorgfältig legte er zwei Käsescheiben pro Toastbrot hinein.

„Zwei sind doch zu viel, wie oft muss ich dir das noch sagen!"

„Ach du hast ja keine Ahnung, Liz, lass dich einfach überraschen."

„Ich mag es nicht, wenn mir jemand das

Käsesandwich versaut."
„Liz, abwarten!"
Etwa zwei Minuten später servierte er das Sandwich auf einem großen Teller, dazu mit einem Glas Sekt. Sekt hatte er für uns beide dabei, ein Sandwich aß ich alleine, während er mich bloß dabei beobachtete, wie mir der Käse über das ganze Gesicht lief.
„Zu viel Käse, Noah."
Er lachte und trank genüsslich weiter Sekt. Plötzlich rief er: „Verdammt, mein Ford."
„Verdammt, wir wären gestern fast draufgegangen."
„Jetzt übertreib mal nicht."
„Ich bin fertig." Es fehlte nicht viel vom Sandwich, ich schob den Teller weg von mir und ließ mich zurück auf die Couch fallen.
„Kann ich heute hier schlafen?"
„Klar."
„Kann ich mich zuerst duschen."
„Klar."
„Leihst du mir Anziehsachen zum Schlafen?"
„Sicher doch."
„Aber etwas Hübsches."
„Etwas Hübsches? Was hast du vor?"
„Nichts, aber wenn ein Kidnapper kommt, möchte ich zumindest nicht ganz so hässlich aussehen. Wer weiß, wohin er mich entführt. Vielleicht fahren wir ans Meer oder nach San Francisco oder ...?"
„Ist schon gut, ich hole dir etwas Hübsches. Soll ich dir Sonnencreme und Strandtuch mitbringen? Falls

ihr nach Santa Barbara fahrt."
„Bitte, bring mir etwas, irgendetwas Eintöniges, ich kann mit T-Shirts, die mehr als einen Farbton aufweisen, nicht einschlafen."
„Was soll das jetzt heißen? Bin ich etwa zu bunt angezogen?"
„Na ja manchmal. Manchmal siehst du schon aus wie ein 90er-Jahre-Bandmitglied."
„Tztz!" Er stemmte die rechte Hand in die Hüfte und schüttelte gekonnt beleidigt den Kopf.
„Aber deine neue Frisur, steht dir sehr gut. Und Muskeln hast du auch schon bekommen."
„Findest du? Sieht sie nicht mehr wie der Pony von einem Alpaka aus?"
„Nö, gar nicht." Dabei zog ich die Mundwinkel extra weit nach unten und presste die Lippen fest aufeinander, schüttelte zudem den Kopf, um nicht in Gelächter auszubrechen. Aber seine neue Frisur war wirklich besser, nun sah er fast erwachsen aus. Gut, er sah ganz attraktiv aus, die Brille trug er auch nicht mehr. Obwohl ihm die Brille auch stand.
Ich ging auf ihn zu, strich ihm über den Kopf und tätschelte dann seine Wange.
„Wunderhübsch."
„Und du sprühst heute wieder vor Charme."
„Ich gehe jetzt duschen."
Und schon hüpfte ich über die Treppen in den ersten Stock. Streifte mein Kleid ab und ließ das Wasser laufen, bis es endlich warm war. Da kam auf einmal

Noah rein.

„Ich, ich oohhhhh Gott."

„Ich bin nackt!!!"

„Ja, ich sehe es."

„Raus!"

„Hier!"

Er streckte mir zwei Handtücher entgegen.

Ich riss sie ihm aus den Händen, und er machte auf dem Absatz kehrt.

Was dann passierte, kann ich mir nicht erklären, vielleicht war der Käse schlecht, vielleicht hatte ich noch mehr Alkohol im Blut als angenommen. Anstatt unter die Dusche zu gehen, öffnete ich die Tür und suchte Noah in seinem Schlafzimmer auf. Nackt. Er war gerade dabei, die Zierkissen zur Seite zu legen. Er drehte sich um. Ich ging auf ihn zu und küsste ihn.

Etwas unbeholfen und von der Situation völlig überfordert, erwiderte er meinen Kuss. Bis er sich entspannte. Was dann passierte, war nicht abzusehen. Wir schliefen miteinander. Inzwischen war es neun Uhr morgens, und wir waren beide streichfähig. Ich lag auf seiner nackten Brust; er streichelte über meinen rechten Arm.

„Ich möchte jetzt wirklich kurz unter die Dusche."

„Ich könnte dir Gesellschaft leisten?"

„Könntest du, du könntest mir aber auch etwas zum Anziehen bringen."

„Ja, du bekommst etwas, etwas Hübsches."

Kapitel 21

**Sonntage
Noah**

Es war Sonntag, ich trug meine Sonntagskleidung und holte Rosie ab. Nach etwa einer halben Stunde waren wir bei der Kirche. Heute mit einem etwas beklommenen Gefühl; der Pfarrer hielt die Predigt. Rosie tauschte den neuesten Klatsch und Tratsch mit den Leuten aus. Ich starrte alle 20 Sekunden auf meine Uhr, auf mein Smartphone, welches wie ein Wunder stets dieselbe Uhrzeit zeigte. Ich wippte von einem Bein auf das andere. Inmitten der Damenrunde, in der Gespräche über die Dame stattfanden, die heute gerade nicht anwesend war. Ich war so nervös, weil ich eigentlich in zehn Minuten mit Liz verabredet war. Wir wollten einen Ausflug nach Santa Monica machen, so wie richtige Touristen eben. Ich musste Liz auch versprechen, Zuckerwatte zu kaufen.

Doch als wir mit einer halben Stunde Verspätung zu Hause eintrafen, stand die Tür zu meinem Haus weit offen. Liz war anscheinend schon da.

Gut gelaunt spähte ich herein. „Liz? Liz bist du schon da?"

Sie kam aus der Küche mit einem Stapel Papieren in der Hand.

Mein Blick flog zu meinem Schreibtisch, wo der

Stapel fehlte. Es war kein Stapel Papier, es war keine Werbepost, es war mein Manuskript.
„Kannst du mir das erklären?"
„Kannst du dich setzen?"
„Nein."
Sie sprach leise, und das machte mir Angst. Erschreckende Angst sogar, da sie an und für sich mit ihren Emotionen kaum hinterm Berg halten konnte. Für gewöhnlich fuchtelte sie mit ihren Armen durch die Gegend, legte ihre Stirn in Falten und schrie. Laut, für gewöhnlich. Doch jetzt schlug sie diesen ruhigen Ton an. Ich wünschte mir, so verrückt es klingen mag, dass sie mich anschreien würde.
„Du bist zu meinem Vater gefahren?"
„Jetzt setz dich doch erst mal."
„Was gibt dir das Recht dazu? Kannst du es nicht einfach so belassen, alles, was war."
„Ich wollte seinen Teil hören."
„Es geht dich aber nichts an."
„Vielleicht kannst du ihm verzeihen, vielleicht."
„Du willst meine Geschichte verkaufen."
„Liz, so ist das nicht. Ich ändere die Namen."
„Du änderst die Namen. Na, da bin ich ja froh."
Selbst jetzt als ich merkte, dass ich ihren wunden Punkt längst getroffen hatte, weit übers Ziel hinausgeschossen war, sprach sie noch immer in diesem leisen Ton.
Sie ging zum Fenster, schaute auf den Garten von Rupert und blinzelte vermehrt.

„Sag mir, dass du nicht wirklich bei ihm warst."
„Willst du nicht wissen, was er zu erzählen hat?"
Sie lächelte bloß verächtlich und lief mit dem Stapel in den Vorgarten. Schmiss die Papiere in hohem Bogen durch den Garten, völlig tonlos.
Dann ging sie wieder zu mir. Drückte mir mit dem Finger auf die Brust und sagte in diesem leisen, unheimlichen Ton. „Und das Schlimme ist, ich habe dir wirklich vertraut."
Rupert, mein Nachbar, dessen Sprinkleranlage seit dem Vorfall mit Liz demoliert war, goss nun seinen Rasen mit dem Gartenschlauch und lauschte aufmerksam unserem Gespräch.
„Hör zu!"
„Nein, ich habe dir viel zu oft zugehört. Jetzt hörst du mir zu. Ich habe dir vertraut und dabei wollte ich nie wieder jemanden vertrauen."
„Du kannst mir doch noch immer vertrauen."
„Wie?"
Mit dieser Frage lies sie mich zurück während sie auf den Weg zu ihrem Haus machte, diesmal auf dem Gehweg und nicht über die nasse Wiese von Rupert.
Ich grüßte ihn und versuchte, meinen Schock hinweg zulächeln, und winkte dazu noch wie ein Bekloppter. Mit gekonnt tapferer Miene sammelte ich die Blätter in meinem Vorgarten wieder ein. Grinste dabei meinen Rasen an. Also ich dabei war, das Kapitel „Ich bin Jake" aufzusammeln, musste

ich kurz innehalten.

Kapitel 22

**Wir glaubten die Lüge
Noah**

„Ach, was hast du jetzt wieder angestellt?"
Rosie gab mir eine Kopfnuss zur Begrüßung und machte den Weg frei. Vier Stunden waren vergangen. Nun, acht ignorierte Anrufe von Liz später, versuchte ich es über Rosie. Doch anscheinend hatte Liz schon mit Rosie gesprochen, dies verriet die Kopfnuss.
„Ich weiß nicht, was ich getan habe?"
„Setz dich!", befahl sie mir in ernster Tonlage.
„Für dich mag das ja recht lustig erscheinen, eine Geschichte über das gebrochene Mädchen zu schreiben, aber, als du Jake ohne ihr Wissen aufgesucht hast. Mann, Noah, das war echt nicht gut."
Sie stellte mir wortlos ein kühles Bier hin, und ich nahm sogleich einen Schluck.
„Musste das sein? Erst jetzt geht es ihr wieder richtig gut und dann so etwas."
Ich sagte nichts, starrte nur auf mein Bier.
Sie zündete sich eine Zigarette an und ging auf die Kommode mit den Bildern zu. Sie nahm einen tiefen Lungenzug, blies den weißen Rauch in meine Richtung. Das Abendlicht teilte das Wohnzimmer nun in dunkle und helle Teile. Und Rosie umgab eine weiße Rauchwolke.

Ich saß nur trostlos in dem Ohrensessel und hoffte, dass alles wieder gut werden würde. Liz war das Beste, was mir bisher in meinem Leben passiert war. Nervös fuhr ich mir durchs Haar. Nein, daran, sie zu verlieren, wollte ich gar nicht denken.
Rosie riss mich aus meinen Gedanken. Sie räusperte sich kurz und warf dann den ersten Satz mit ihrer rauchigen Stimme in den Raum. „Sie war acht Jahre, als sie aufgehört hat, Kind zu sein."
Ich sah zu ihr, sie hatte ein Bild in die Hand genommen, und ich konnte trotz des Lichteinfalls erkennen, dass sich eine Träne in ihrem Augenwinkel bildete.
„Jeden Tag, wenn sie von der Schule nach Hause kam, fragte sie als Erstes, wo Mama sei. Ich verwies sie jedes Mal auf das Schlafzimmer. Dort hielt sie für gewöhnlich ihren Mittagsschlaf, wenn Liz von der Schule kam. Erst nachdem sie ihre Mutter gesehen hatte, setzte sie sich zum Mittagstisch."
Bei dem Gedanken lächelte Rosie kurz in sich hinein.
„Andere spielten mit ihren Puppen, sie wollte, dass ihre Mama wieder gesund werden würde. Sie brachte ihr das Essen ans Bett. Kindern kann man nichts vorspielen, weißt du Noah. Sie wusste, wie es um ihre Mama stand. Nur damals wussten wir es nicht. Heute sagen wir Depression, früher kannten wir den Ausdruck, die Diagnose. Ich kannte sie nicht. Ich sah sie nur jeden Tag weinen. Sie war

krank, und wir konnten ihr nicht helfen. Jedes Mal, wenn ich sie fragte, wie es ihr ginge, lächelte sie bloß und meinte, es ginge ihr gut. Ich wollte es in dem Moment glauben, weil es so viel einfacher war, diese Lüge zu glauben, als der Tatsache ins Auge zu sehen. Und die Tatsache war, dass sie sich an einem Freitag das Leben nahm."
Es überkam mich eine Welle an Gefühlen, sie waren kaum einzuordnen. Ich wusste nicht, was ich darauf erwidern sollte. Wer wusste das schon! Mein Beileid, es tut mir leid, es ist schrecklich, wenn jemand stirbt, unfreiwillig durch eine Krankheit, durch einen Unfall, doch wie muss es sein, wenn jemand den Freitod gewählt hat, weil er es für besser hielt, zu sterben als zu leben. Und wie befremdlich musste es für Rosie und Liz' Vater gewesen sein, sie so zu sehen und ihr nicht helfen zu können. Wie viele Vorwürfe hatten wohl im Raum gestanden, wie viele Vorwürfe wurden den Hinterbliebenen an den Kopf geworfen? Und wie sollte man damit umgehen? Fragen, die mich beschäftigten und für die ich eine Antwort von Jake haben wollte. Dafür bin ich wohl Schriftsteller geworden, um die Antworten zu erfahren. Wenn ich Liz das nur irgendwie begreiflich machen könnte!

Kapitel 23

Antworten finden
Noah

Antworten findet man für gewöhnlich nicht, wenn man sie sucht. War bisher noch nie so. Doch als ich mich diesen Montag mit dem Wagen vom Valley Richtung San Diego bewegte, wurde mir eines klar: Zu verlieren gab es nichts mehr.
Heute Morgen klopfte ich ganze fünf Minuten gegen Liz' Haustür, sie wurde mir weder geöffnet noch vor der Nase zugeschmissen. Was ich auf irgendeine Art und Weise vermisste. Ich schielte auf mein Smartphone, das in der Getränkehalterung lag. Auch hier hatte sie sich nicht gemeldet. Als der Radio-Moderator eine Veranstaltung für Samstag ankündigte und das Datum nannte, wurde mir bewusst, dass es soweit war. Die Hochzeit stand vor der Tür.
Ich verabredete mich mit Jake in einem kleinen Café, es war etwa fünf Kilometer vom Strand entfernt. Und wenn man durch die große Glasfront blickte, konnte man sogar das Meer sehen. Es hatte um die 40 Grad heute, aber hier drinnen fürchtete ich, ich würde mir eine Erkältung holen.
Die Klimaanlage gab alles.
Da kam auch schon Jake durch die Tür herein, blickte erst unsicher durch den Raum.

Ich fuchtelte kurz mit der Getränkekarte.
Er entdeckte mich und steuerte auf mich zu.
Ich stand auf, wir schüttelten fleißig die Hände, tätschelten uns an den Schultern und wussten nicht so recht, was wir nun machen sollten.
„Bitte, setze dich." Ich verwies auf die Bank, die eine neue Tapezierung hätte vertragen können. Der Schaumstoff quoll bereits heraus, und das weiße Leder war schon ganz abgewetzt.
„Bitte, Noah was kann ich für dich tun?"
„Eigentlich geht es mich ja nichts an, aber ich finde, ich bin es Liz irgendwie schuldig."
„Was sind Sie ihr schuldig? Sind Sie und Liz, na Sie wissen schon, ist das was Ernstes zwischen Ihnen?"
„Also, so wie es momentan aussieht, eher nicht. Momentan hasst sie mich bloß."
„Okay, verstehe." Verlegen faltete er seine Hände, betrachtete sie und räusperte sich. Die Frage, was er hier machen sollte, stand ihm ins Gesicht geschrieben.
„Darf ich Ihnen etwas bringen?", fragte die hübsche, rothaarige Kellnerin Jake. Dabei goss sie mir wortlos Kaffee nach und wandte den Blick nicht von Jake ab.
„Auch einen Kaffee bitte."
„Kommt sofort."
„Also als Erstes möchte ich mich bedanken, dass du Zeit gefunden hast. Jake, ich darf Sie doch duzen oder? Das macht einiges leichter."

„Gerne."

„Nun ja, also ich komme gleich zum Punkt. Die ganze Geschichte hat mich einfach sehr bewegt, und ich finde, sie gehört erzählt."

„Wem erzählt?", erkundigte er sich verwundert mit hochgezogener Augenbraue.

„Na ja, ich bin Schriftsteller, und ich habe sie aufgeschrieben, also die Geschichte von Liz. Du bist ein Teil von dieser Geschichte. Jetzt möchte ich gerne deinen Teil hören, wie ist deine Geschichte?"

„Frag doch Liz, sie hat bestimmt eine parat."

„Ich möchte aber deine Version hören."

„Noah, ich finde es ganz nett, dass du extra den weiten Weg hierhergefahren bist und meinen Teil hören willst, aber da gibt es nicht viel zu sagen. Ich bin eben nicht der Publikumsliebling in der Geschichte, jede Geschichte braucht einen Bösewicht. Hier bin ich."

„Das möchte ich so nicht glauben."

Die hübsche Kellnerin stellte die Tasse vor seine gefalteten Hände, schenkte ihm den Kaffee aus der Kanne ein und lächelte uns beide freundlich an.

Jake sah zu mir auf. „Wieso kannst du es nicht einfach glauben?"

„Wenn du der Bösewicht wärest, würdest du mir jetzt nicht gegenübersitzen."

„Und wenn ich dir sage, dass ich bloß Kaffee wollte."

„Gibt es zu Hause keinen?"

Wir schwiegen uns die nächsten Sekunden, welche sich anfühlten wie Stunden, bloß an, ohne auch nur die geringste Silbe zu verlieren. Bis ich als Erster was äußerte: „Wir können gerne die nächsten Stunden an unserem Kaffee schlürfen."
„Dass ich damals gegangen bin, fiel mir nicht leicht. Ich habe meine Mädchen geliebt, das tue ich immer noch. Und an dem letzten Abend, als meine Frau zu Bett ging und ich nicht wusste, dass es der letzte gemeinsame Abend war, wer weiß das schon, da sagte sie: ‚Pass mir gut auf die Mädchen auf.' Und ich Idiot, ich in meinem Rausch, hielt ich es für eine Floskel, dachte, vielleicht wäre ich morgen wieder dran, zur Schule zu fahren. Es war keine Floskel. Sie wollte sterben, und sie ist gestorben. Und als ich ihr das letzte Mal Rosen brachte, legte ich sie auf ihren schwarzen Sarg; dabei dachte ich, ich hätte ihr viel öfter Rosen schenken sollen. Ich gab ihr mein Versprechen, die Mädchen zu beschützen. Ich konnte es nicht, ich war Alkoholiker. Vielleicht mag man jetzt darüber streiten, aber ich würde es genauso wieder tun. Sie hätten kein gutes Leben bei einem kranken Menschen gehabt. Und ich war krank."
„Aber vielleicht bei einem Vater, der dem Alkohol widersteht?"
„Ja, das mag in der Theorie vielleicht passieren, aber sag das einem Alkoholiker, der gerade seine Frau verloren hat. Ich ging durch die Hölle, wieder

und wieder. Alleine. Dorthin möchte ich nie wieder. Man ist nicht sogleich ein Vater, nur, weil man der leibliche Vater ist. Verstehst du? Da gehört mehr dazu, und das, mein Junge, kann man mir nicht vorhalten. Ich wollte das Beste für die beiden. Ich war das nicht. Am nächsten Tag brachte ich die Mädchen zu Rosie, weil Rosie doch schon immer der zweite Erziehungsberechtigte gewesen war und ich nur ein versoffener Mann, der gerade dabei war, erwachsen zu werden."
„Aber du hattest neunzehn Jahre Zeit, wieso hast du sie nie besucht?"
Er nahm einen Schluck vom Kaffee, streute Zucker hinein, nahm einen weiteren Schluck und sah mich an. „Ja, darauf hätte ich auch gerne eine Antwort. Eine vernünftige, eine ehrenwerte. Eine, die den Bösewicht doch nicht böse macht."
„Ich will bloß eine ehrliche, Jake."
„Weil ich Angst hatte. Ja, so war das. Siehst du, ich bin ein jämmerlicher Feigling, weil ich zehn Jahre gegenüber von Rosies Haus geparkt habe und nie ausgestiegen bin. Weil ich zu feige war. Weil ich das schon immer war und dazu diesen unrühmlichen Abgang hingelegt habe und irgendwie gehofft habe, dass sie mich vielleicht vergessen werden. Es ist keine gute Antwort. Vielleicht überlegst du dir für dein Buch etwas anderes, dir fällt bestimmt etwas Kreatives ein."
„Ehrlich. Das ist die Antwort."

„Ja."
„Vielleicht erfordert es auch ein wenig Mut, so ehrlich zu sein."
„Nenne es Mut, nenne es, wie du willst, gelernt habe ich. Das ist es, daraus gelernt habe ich."
„Und du hast dich verändert."
„Ja, ich habe ein zweites Leben bekommen. Wunderbare Kinder, eine Frau, ein ganz normales, stinklangweiliges Leben."
Er lächelte, mit einem Schlag war seine von tiefem Schmerz gezeichnete Miene ausgetauscht.
„Ich zeige Ihnen etwas."
Jake griff nach seiner Brieftasche, öffnete sie mit einem breiten Grinsen und streckte mir ein Bild entgegen.
„Hier, meine Frau und meine jüngste Tochter. Da waren wir in Disney Land."
„Zauberhaft. Eine schöne Familie haben sie."
„Ja, einer der wenigen Momente solange sie noch etwas mit den peinlichen Eltern unternehmen wollen."
„Wie alt ist sie?"
„Nächsten Monat wird sie dreizehn Jahre."
„Die Zeit verfliegt. Kommt mir vor als wäre es gestern gewesen.
Und hier."
Er holte noch ein Bild aus der Brieftasche, jetzt waren nur er und seine Frau zu sehen."
„Die kleine liebt das Fotografieren, sie fotografiert

einfach alles und jeden. Hat ein gutes Auge.
Und Liz, Liz hat immer gemalt als sie klein war. Überall waren ihre Bilder. An das kann ich mich auch noch gut erinnern."
Daraufhin fügte ich gedankenverloren hinzu:„Liz ist großartig."
Ich trank den Kaffee aus und legte das Geld auf den Tisch.
„Das geht auf mich." Jake winkte die Kellnerin herbei.
„Danke, danke nicht nur für den Kaffee, sondern auch für das Gespräch. Für das ehrliche Gespräch."
Er nickte und lächelte.
Die ganze Fahrt über ließ ich das Gespräch Revue passieren. Wenn er lächelte, sah man die Ähnlichkeit mit Liz, obwohl sie, wie er stets bemerkt hatte, ihrer Mutter wie aus dem Gesicht geschnitten ähnlichsehen würde. Dann musste ich wieder an das hübsche Gesicht von Liz denken, ihre grünen Augen, die in der Mitte ein wenig gelb waren. Und ihre dunklen, wilden Haare.
Mann ich vermisse sie.
Zuhause angelangt, starrte ich meinen PC an. Liz hatte bis jetzt noch nicht zurückgerufen. Es war stockdunkel im Haus, lediglich das Leuchten meines Bildschirms erhellte den Raum ein wenig. Ich war bei dem einem Kapitel, dass Liz zum Gehen bewegt hatte, also las ich es noch einmal.

Kapitel 24

Ich bin Jake …
Jake

… Oder wie mich Liz nennt. Lediglich der Erzeuger. Wir hatten nie ein sonderlich gutes Verhältnis, und ich habe einen erheblichen Beitrag dazu geleistet. Ich möchte mich nicht gerne daran zurückerinnern, wie es war. Damals. Mein erstes Leben, wie ich es gerne nenne. Meiner heutigen Frau habe ich nie davon erzählt. Was vor dem Reihenhaus, vor ihr und vor unseren Kindern passiert ist. Das Leben, welches ich jetzt führe, ist weichgespült und skandalfrei. Makellos, kein Riss, kein gar Nichts. Und wenn ich Elisabeth – Liz – ansehe, sehe ich sie. Meine erste Frau, die den gleichen Namen trug. Also sie diente quasi als Vorlage für unsere Tochter. Sie ist ihr wie aus dem Gesicht geschnitten. Die dunklen Haare und diese grünen Augen. Ich bin keiner Person je mit solchen grünen Augen begegnet.
Es sind diese Augen, die mich an die Vergangenheit erinnern. An die Zeiten, in denen ich die Abende in verrauchten Bars verbracht habe und zu Hause das schreckliche Abbild meiner selbst war. Wir waren zu jung für die Ehe; sie war todunglücklich, sich in dieser ausweglosen Situation zu befinden. Sie war krank. Ich war unglücklich und dem Alkohol verfallen. Als wir uns kennenlernten, waren wir

blutjung; es ging einfach alles zu schnell. Wir hatten nichts gemeinsam außer uns beide. Und das reichte nicht. Vielleicht machte ich sie krank oder unsere Ehe. Vielleicht trieb sie mich zum Alkohol. Wer weiß das schon? Schuldig blieben wir uns nichts. Sie wollte nicht reden, und ich wollte nicht schweigen. Schon gar nicht, wenn ich betrunken war. Dem Alkohol kann ich nichts Gutes abgewinnen. Er brachte nicht das Beste in mir zum Vorschein. Wer kann das schon von sich behaupten? Alkohol ist ein Teufelszeug, es passieren schreckliche Dinge mit einem. Ich kann mich noch an eine meiner Sternstunden erinnern. Es war zwei Uhr nachmittags, und ich war sternhagelblau. Oft war es nicht meine Aufgabe gewesen Elisabeth von der Schule abzuholen. An diesem heißen Maitag allerdings war ich dran. Ich schwitzte, und das Hemd klebte an meinem Rücken. Mit halb offenen Fenster fuhr ich die Straße entlang und hatte vergessen, wo die Schule war. Wütend schlug ich gegen das Armaturenbrett und hupte, als der Fahrer vor mir bei der Ampel hielt. Ich wischte mir die Schweißperlen von der Stirn und schaute nach links. Ein Ort, an dem ich schon einmal gewesen war. Eine Bar im Valley. Die Bar wirkte schon von außen anrüchig und heruntergekommen. Genau der richtige Ort, um mir ein Bier zu genehmigen, dachte ich. Es blieb nicht bei einem Bier. Und so vergingen die Stunden. Ich war es nicht, der Liz an diesem Tag von der Schule nach Hause brachte. Rosie brachte sie nach Hause. Die Kinder, Liz und Casey, waren nun bei ihr, bis ich endlich den Heimweg fand. Ich bog in die Einfahrt; kaum war der Motor aus, riss Rosie die Tür auf.

„Dass du es nicht ein Mal schaffst!"

Sie schob die beiden Mädchen behutsam zur Seite und fuchtelte wild um sich.

„Ah, die Jungfrau Maria", lallte ich und wandte mich dem Auto zu.

„Herrgott, wie du aussiehst! Du schwitzt wie ein Schwein. Wieso schwitzt du so?"

„Vermutlich, weil es hier in diesem Kessel gefühlte 60 Grad hat."

„Und rasiere dich mal!"

„Wer bist du? Apostel Rasier dich mal'?"

Ich hielt mich am Wagen fest, einem rot verbeulten Ford, und bemerkte, wie schwer es mir fiel, sie anzusehen. Ich lächelte dabei verstohlen.

„Komm mit!"

„Und wieso?"

Mit einem großen Satz sprang sie auf mich zu.

Casey taumelte zur Seite.

Liz hielt sich an Rosies Kleid fest. Nicht, um sie anzuhalten, sondern, um sich vor mir zu schützen.

„Wieso? Weil Elisabeth heute Geburtstag hat und du ihr nicht so unter die Augen trittst."

„Ach stimmt, da war ja noch etwas."

„Sieh dich nur an!", fauchte sie.

Quer über die Straße zog sie mich im Schweinsgalopp.

Die Kinder eilten hinter ihr her. In ihrem Haus angekommen, schickte sie mich unter die Dusche. Ich solle mir die Alkfahne aus dem Gesicht waschen. Nach der Dusche erwarteten mich neue Anziehsachen: Hemd, Hose, Socken meine alten Schuhe durfte ich tragen. Aber sie hatte sie inzwischen vom Schmutz befreit.
Mit dem Handtuch wischte ich den Dampf vom Spiegel. Erblickte einen Mann Mitte zwanzig. Mit Augenringen so dunkel wie Kohle. Unrasiert und ungepflegt. Rosie hatte inzwischen Kaffee aufgesetzt. Die Abendsonne schien in das Zimmer; ich beobachtete für einen Moment die spielenden Kinder. Viel zu selten beobachtete ich sie einfach nur beim Kindsein. Versunken spielten sie am Boden Mikado.
„Steht dir doch!" Rosie musterte mich.
„Scheint dir ja einiges wert zu sein."
Sie sagte nichts, nahm bloß eine Zigarette, zündete sie mit einem Streichholz an und blies den kalten Rauch in den Raum.
„Und die nimmst du auch mit."
Mit dem Glimmstängel deutete sie auf einen Strauß Blumen. Es waren bunte Blumen. Keine Rosen.
„Keine Rosen?"
„Als würdest du Rosen kaufen. Wir wollen mal authentisch bleiben."
„Danke." Nuschelte ich in meinen Bart hinein und drehte mich dabei zur Seite. Ob sie es hörte, wusste

ich nicht, doch ich hatte es ausgesprochen.
„Mache ich nicht für dich. Na los, geht jetzt!"
Casey zur linken, Elisabeth zur rechten, und so marschierten wir über die Straße.
Es hatte irgendetwas von Aufbruchsstimmung. Doch der Aufbruch hielt nicht lange an. Der Abend endete wie jeder andere. Nur an diesem Abend war mein jämmerliches Ich frisch geduscht und hatte neue Kleidung an. Unsere Vorwürfe und unser Hass wurden erst zum Dessert serviert, nicht wie sonst schon als Aperitif.
Aber die Blumen waren schön. Auch wenn sie nun am Boden lagen, umgeben von Scherben und Wasser. Ja, das war die Zeit, an die ich nicht gerne denken möchte.
Und dann kam eine Zeit, es war die Zeit nach ihrem Suizid. Ich ging durch die Hölle, wieder und wieder. Und wieder. Vielleicht wusste ich jetzt, was sie durchstehen musste und was sie am Ende zum Tode trieb. Depressionen gemixt mit Entzug waren vielleicht nicht die beste Mischung, die ich hatte.
Ja, und dann musste ich gehen. Das wohl Schlimmste am Nüchternsein ist, dass man alles so klarsieht. Die Fehler, all die Fehler mit der Gewissheit, man kann nichts mehr ändern und nichts rückgängig machen. Aber ich konnte die Zukunft der Mädchen ändern. Ich wusste, ich würde es nicht schaffen, aber Rosie. Rosie würde es schaffen. Wenn nicht sie, wer dann? Also wollte ich lautlos durch die Tür verschwinden,

genauso, wie ich immer verschwunden war. Doch Casey klammerte sich an mein Bein und fragte: „Papa, wo gehst du hin?"
Als ich ihr keine Antwort gab und sie von mir wegschob, weinte sie.
Liz wusste mit ihren acht Jahren, dass es soweit war. Sie visierte mich nur groß mit ihren grünen Augen an und blieb weit entfernt stehen. Es brach mir das Herz in dem Moment, aber ich schloss die Tür. Und somit auch die zu ihrem Leben.

Kapitel 25

Gartenparty ohne mich
Noah

Weitere zwei Tage Funkstille zwischen Liz und mir. Aus reinem Interesse spähte ich an diesem Abend Richtung Liz' Haus, dabei bemerkte ich einen Wagen in unserer Straße, der mir nicht bekannt war. Keiner aus unserem Block empfing jemals Besuch von jemandem, der einen schwarzen Porsche Cayenne lenkte. Jemals. Was mich nur noch stutziger machte, war, dass er direkt vor dem Haus von Liz parkte. Ein sehr mulmiges Gefühl machte sich deutlich bemerkbar. Erneut wählte ich Liz' Nummer. Sie ging nicht ran, und ehrlich gesagt, wusste ich in dem Moment auch, dass sie es nicht tun würde. Es brach die rötlich, violette Abenddämmerung herein. Kurzerhand schlüpfte ich in meine Sneakers und war bereit, in ihren Garten zu schleichen. In den Hintergarten, wo ihre verkümmerten Gartenmöbel standen und wir für gewöhnlich unseren Wein, oder Bier, oder was auch immer, zu uns nahmen. Und ich war nicht bereit, mich durch irgendeinen Porsche fahrenden Typen ersetzen zu lassen. Nein, bestimmt nicht!
Um nicht von der Vorderseite und von Liz' Wohnzimmer aus gesichtet zu werden, lief ich

als Erstes in den Garten von Rupert. In meiner Vorstellung schlich ich wie ein Top-Agent durch den Garten und war nahezu unsichtbar. In der Realität trat ich auf ein Hundespielzeug, demzufolge fing Ruperts Kampf-Chiwawa an zu bellen. Laut, sehr laut und in einer sehr menschenfeindlichen Tonlage. Diese Hunde werden in der Tat unterschätzt, sie können einem das Trommelfell wegfetzen. Wie dem auch sei, mit Luftzeichen versuchte ich, den kleinen Schoßhund zu beruhigen. Irgendwann gab ich auf und tapste weiter in Richtung Hintergarten, wo ich ein weiteres Mal grandios überrascht wurde. Eins, zwei, acht Gesichter, die nun stillschweigend zu mir blickten und gerade dabei waren, irgendetwas zu feiern.

Rupert stand am Grill, drehte sich nun zu mir. In der einen Hand die Grillgabel, in der anderen ein Bier.

„Ein weiterer Gast!", rief er nun lauthals.

„Hallo allerseits, ich wollte nur nach etwas sehen." Dazu winkte ich unsicher.

„Aha und nach was?" Rupert stand breitbeinig mit der Grillgabel da. Über seinem Hosenbund spannte sein dicker Bauch.

„Nach Liz, um genau zu sein!"

„Und du wolltest sie in unserem Garten finden?" Er wendete die Koteletts auf dem Grill.

„Haha", lachte ich künstlich. Ich klopfte mir dabei auf den Oberschenkel und grinste über das ganze Gesicht, so sehr, dass mir irgendwann das Gesicht wehtat.

„Ja, nein ..., ich bin auf dem Weg zu ihr."

Jetzt brachte sich seine Frau Susanne ein:„Ich glaube, sie hat Besuch."

„Ja, ich weiß."

„Ein gutaussehender Mann. Kennst du ihn? Er sieht ja irgendwie berühmt aus. Wie ein Model!", berichtete sie mir, in einer Frauentonlage, die Frauen gewöhnlich anschlugen, wenn die Chippendales zugegen waren.

Aus meinem Verdacht wurde nun Gewissheit. Er, Jason, war also hier. In meinem Kopf machten sich nun Bilder breit, die ich nicht weiter in meinem Kopf haben wollte. Daher nahm ich mir ein Bier aus der Bierstation, also aus diesem riesigen Kübel, der mit Eis und Bier gefüllt war. Trank es beinahe bis auf Ex aus. Nichts außer Grillenzirpen war währenddessen zu hören.

Die Gäste, Susanne und Rupert waren noch immer irritiert, was ich hier machte und wieso ich obendrein jetzt noch ihr Bier in Windeseile austrank.

„Also danke für das Bier, ich muss jetzt weiter. Liz und dieser hübsche Mann warten schon auf mich."

„Ach, ich beneide dich jetzt schon fast ein wenig", kicherte Susanne in sich hinein.

Rupert drehte sich wieder zum Grill: „Keiner hält dich auf, Schatz."

Die Köpfe der Gäste bewegten sich in meine Richtung mit, sie sahen mir jetzt dabei zu, wie ich mir zwischen Oleander und Rosenstrauch einen Weg bahnte.

Inzwischen war ich im Garten von Liz, ich hörte ein Gespräch, es wurde leise gesprochen.

Die Dämmerung war bereits weit vorangeschritten, nun war es beinahe dunkel. Bis jetzt hatte ich nicht darüber nachgedacht, was ich sagen würde, wenn ich auf die beiden traf. Ich wollte sie ja eigentlich nur beobachten. Jetzt nicht so wie ein Stalker, eher wie ein guter Freund, der eben nach dem Rechten sieht.

„Was macht denn der hier?"

Zu spät zum Nachdenken, ab in die Offensive! Ich drehte mich zur Seite: Da standen die beiden. Neidlos musste ich anerkennen: Sein Gesicht war makellos. Das markante Kinn, die blauen Augen, die tollen Haare. Er trug seine Haare kürzer, sie waren auch braun, aber nicht so wild und unzähmbar wie meine. Da stand er im Anzug, ohne Krawatte, dafür war sein Hemd oben aufgeknöpft.

Liz hatte ihre kurzen ausgefransten Levis Jeansshorts an, dazu ihr Top, das nur ganz feine Träger hatte, der linke Träger rutschte ihr meistens von der Schulter. Sie sah bezaubernd aus. Wunderschön, wie immer. Ich hatte diesen Anblick in den letzten Tagen vermisst.

Doch Liz verschränkte ihre Arme; ihr Blick war Furcht einflößend.

Der Typ, Jason, blickte sie wiederum fragend an.

Und sie, sie blickte mich böse, sehr böse an.

Ich stammelte ganz spontan: „Hast du vielleicht Milch?"

Innerlich wollte ich mir jetzt gegen den Schädel schlagen, ich war nicht gut in solchen Sachen. Nein, nächstes Mal musste ich mir einen richtigen Plan und vielleicht ein Drehbuch zulegen.

„Willst du dir jetzt einen Kakao machen?", fragte der Schönling in einer, ich möchte fast sagen, abwertenden Art.

Mir fiel nur leider kein guter Konter ein. Musste mir dennoch eingestehen, Milch war wahrlich kein guter Grund, um abends durch die Gärten zu schleichen.

„Ich sehe nach, ob ich noch irgendwo eine genießbare Milch finde", erwiderte Liz völlig monoton und gelangweilt. Wir verständigten uns vielmehr mit unseren Blicken. Darin warf sie mir vor: Was zur Hölle machst du hier, hast du jetzt den Verstand verloren und so weiter und so fort. Ich signalisierte ihr: Tut mir leid, aber wir müssen echt reden, und was macht dieser Idiot eigentlich hier.

Sie ging ins Haus; ich ergriff die Initiative, in dem ich ihr nachlief.

In der Küche angelangt, sprachen wir dann endlich.

„Sag mal spinnst du? Bist du so ein kranker Stalker oder was? Ich dachte, das hättest du jetzt echt hinter dir."

„Was macht dieser Typ hier? Bist du irgendwie benommen?"

„Reden, wir reden miteinander. Das machen Menschen gewöhnlich miteinander."
„Hast du vergessen, was er gemacht hat? Oder was? Verzeihst du ihm jetzt?"
Sie öffnete die Kühlschranktür, sodass ich nun mit der Kühlschranktür sprach.
„Rede! Erklär mir das, denn wie ich es drehe und wende, ich sehe keinen logischen Grund dahinter."
Mit einem kräftigen Stoß warf sie die Tür zu, und jetzt sah ich wieder ihr Gesicht,
„Und ich sehe keinen Grund, dass du mich so hintergehen musst! Ich dachte, wir seien Freunde! Ich dachte, ich kann dir vertrauen, aber du hast mich hintergangen."
„Habe ich nicht!"
„Wie nennst du es dann, dass du ohne mein Wissen bei meinem Vater warst? Wie nennst du es dann, dass du dich nun auf seine Seite schlägst. Nachdem du weißt, was er getan hat. Und zu guter Letzt schreibst du auch noch ein Buch darüber!"
„Was? Ich schlage mich hier auf gar keine Seite. Ich wollte nur seinen Teil der Wahrheit hören, und den solltest du auch hören."
„Sollte ich das? Ich war dabei, ich kenne die Geschichte, danke."
Ich ging nahe an sie ran, berührte sie am Arm und sprach leise weiter. „Ich habe gesehen, wie es dir gegangen ist in den letzten Wochen, ich habe es live miterlebt und möchte nicht, dass es dir noch einmal

so geht. Was bringt dich also dazu, dich wieder auf ihn einzulassen? Was?"
Stille und Augenblicke, in denen wir nichts äußerten und uns bloß ansahen, folgten.
Bis sie dann etwas sagte, dem ich anfangs nicht folgen konnte.
„Weil er nichts mehr machen kann, um mich zu verletzen."
Ich ließ sie los, hörte, wie jemand durch die Terrassentür hereinkam.
Wir sahen beide zu Boden und warteten nur darauf, dass er zu uns stieß.
„Liz, fahren wir dann?"
Ein Stich in der Magengegend und ein eindringlicher Blick zu Liz, die wiederum nur den Boden eindringlich betrachtete.
„Ja, gleich."
Und ich, ich verstand nun gar nichts mehr. Wie und was um Himmels Willen war passiert, dass sie zu diesem Mann wieder in den Wagen stieg?
„Können wir bitte reden." Das war mein letzter verzweifelte, klagender Hilferuf.
Doch sie sah nicht auf.
Dafür trat Jason auf mich zu: „Sie will nicht reden, verstehst du. Geh einfach!"
„Liz?", fragte ich erneut.
Nun wandte sie sich ab und spülte Gläser. Eine Arbeit, die für gewöhnlich der Geschirrspüler verrichtete. Und für den sie ihn heiß und innig

liebte. Doch in dem Moment wollte sie lieber Gläser spülen, als mit mir zu sprechen.

„Okay, dann gehe ich jetzt."

„Ja, gute Idee." Der Schönling packte mich am Arm. Und zum ersten Mal, seit der Highschool, hatte ich so richtig Lust, jemandem ins Gesicht zu schlagen. Wut, die direkt durch meine Adern in den Kopf hochstieg und meinen Körper verkrampfte, überfiel mich. „Ich kann alleine gehen, danke."

Er lächelte mich so argwöhnisch und selbstgefällig an, dass ich ihn nur noch mehr schlagen wollte. Und ja, das tat ich dann auch. Es ging ganz schnell und von der einen auf die andere Minute waren wir von der Küche im Wohnzimmer. Nachdem ich die erste Faust austeilte, musste ich nur Sekunden später die Retourkutsche einstecken.

Ich hörte Liz schreien: „Hört auf! Seid ihr von allen guten Geistern verlassen?!"

Doch wir befanden uns nun in der Nähe der Couch, wo er mir erneut eine verpasste, woraufhin ich sprichwörtlich Sterne sah. Ich glaube, meine linke Kontaktlinse war mir dabei aus dem Auge gefallen. Oder schon zuvor. Das weiß ich nicht mehr, ich kann mich allein daran erinnern, dass Liz ihn irgendwie von mir herunterbrachte.

Kurz darauf, zu Hause in meinem Badezimmer, tupfte ich mir mit einem Waschlappen die Lippe sauber. Sie war gesprungen; mein rechtes Auge war ganz rot. Ich sah schon jetzt furchtbar aus, war mir in dem Moment aber im Klaren, dass ich morgen noch viel schrecklicher aussehen würde.

Ein Knarren der Haustür war zu hören und Schritte. Es waren die Schritte von Liz.

Wenige Sekunden später war sie in meinem Bad, an der Badezimmertür angelehnt, sie sah mich an. Sie wirkte traurig.

„Hör zu, es tut mir leid, alles, wie das so gelaufen ist."

Ich nickte und schaute wieder in den Spiegel, drehte den Wasserhahn auf und hielt den Waschlappen darunter. Es bildete sich eine Lache mit Wasser und Blut.

„Sag jetzt bitte was!", forderte sie mich auf.

„Und was? Herzlichen Glückwunsch."

„Noah, wir passen doch gar nicht zusammen, verstehst du das nicht?"

„Warum?

Weil ich dir niemals so wehtun könnte?

Weil ich für dich beinahe alles tun würde?

Weil ich dich als nicht selbstverständlich betrachte?

Weil ich weiß, dass hinter deinen wunderschönen grünen Augen und hinter deiner starken Persönlichkeit ein Mensch steckt, der es weiß Gott nicht einfach hatte und für den dennoch die Liebe das Größte ist?"

Und dann sagte sie es wieder: „Weil er mir nicht mehr wehtun kann."

Und ich schüttelte den Kopf und drehte mich wieder Richtung Waschbecken. Mit der Gewissheit, ja, ich hatte sie verloren.
Und ja, sie ging.

Kapitel 26

Unchristliche Zeiten
Noah

Wildes Klopfen ertönte zu einer sehr unchristlichen Zeit. Seit vier Tagen, seitdem Liz gegangen war, befand ich mich auf der Couch oder im Bett. Spielte Playstation oder bestellte mir Pizza und schlief. Mein Spiegelbild sah etwas mitgenommen aus, es lag wohl an den Auswirkungen der Auseinandersetzung mit Jason und daran, dass ich mich schon seit fünf Tagen nicht mehr rasiert hatte. Ich glich einem Penner und roch auch ein wenig so. Das Klopfen hörte nicht auf, also sah ich auf mein Smartphone, während ich mich zur Seite wälzte und irgendwelche Brösel von meinem T-Shirt entfernte. Mein Smartphone zeigte mir, dass niemand angerufen hatte. Somit konnte es nur Rosie sein.
Dies bewahrheitete sich, als ich schließlich die Tür öffnete.
„Wie siehst du denn aus?"
„Rosie, was machst du hier?"
„Wieso stinkt es denn so?"
Sie fächelte mit ihren Händen vor der Nase herum und lief zielgerade auf das Fenster zu.
Schob die Vorhänge zur Seite und öffnete das Fenster.

„Wir müssen wohin fahren", erklärte sie dann schroff.
„Wieso?" Ich gähnte und ließ mich wieder auf die Couch fallen.
„Weil ich es sage, also zieh dich an, und dusch dich!" Sie marschierte in die Küche und sortierte meinen Müll. Pizzaschachteln auf Pizzaschachteln und Chipstüten in den Abfall.
„Ich habe heute keine Lust mich von dir herum kommandieren zu lassen."
Abrupt wandte sie sich zu mir, legte ihren Kopf schief und blinzelte vermehrt.
„Wie bitte?"
„Du hast mich schon verstanden. Ich bleib hier liegen."
Noch bevor sie ein Wort laut in den Raum sagte warf sie mir das Geschirrtuch um die Ohren.
Ich bückte mich und somit streifte es lediglich meinen Haare.
„Rosie!"
„Beweg dich. Ich sage es kein zweites Mal."
Ich rieb mir mehrmals über die Augen und machte mich widerwillig auf den Weg. Drehte mich nach wenigen Metern um: „Ich halte es für keine gute Idee, wohin wir auch immer fahren … Als ich das letzte Mal gefahren bin …, also, das alles hat Liz zum Gehen bewegt."
„Nein, Noah, das war bestimmt nicht der Grund, aber den wirst du vielleicht eines Tages erfahren,

wenn du so alt bist wie ich."

Ich fasste mir an die Stirn und hatte keine Ahnung, was sie meinte.

Für die Fahrt wählte ich meine Shorts und mein gelbes Hemd. Ich konnte keine sauberen Socken finden, also zog ich noch einmal die alten an.

Als ich die Treppen runterkam, wirkte das Wohnzimmer wieder wohnlich und roch einigermaßen angenehm.

„Na geht doch!" Rosie sprang von der Couch auf. Sie lief zur Tür und war auch schon draußen.

Ich folgte ihr, blickte kurz ein letztes Mal über die Schulter und bestaunte die neue Ordnung.

Als wir in den Wagen stiegen, stellte sie als Erstes den Sitz auf die richtige Höhe und zudem eine Raumtemperatur von 21°C ein.

Natürlich sagte sie mir wieder, welche Farben die Ampeln aufwiesen, aber nur kurz. Nachdem wir auf den High Way aufgefahren waren, drehte ich das Radio laut, sehr laut.

Sie sah mich bloß verwundert an und rollte kurz mit den Augen.

Ich schaute sie stumm, mit hochgezogenen Augenbrauen an und blickte dann wieder auf die Straße.

Schließlich befanden wir uns nur mehr wenige Meter von unserem Ziel entfernt. Wir waren rund 30 Minuten gefahren.

Rosie saß kerzengerade auf dem Beifahrersitz und

starrte aus dem Fenster oder zum Navi. Blickte danach wieder auf ihren Zettel, wo sie die Adresse handschriftlich notiert hatte.
„Nur mehr 500 Meter."
„Was hast du vor, Rosie?"
„Da, da sind wir. Du kannst hier parken; ich komme gleich wieder."

Kapitel 27

Niederknien
Jake

Ich kniete nieder vor dem Grab meiner verstorbenen Frau, vor meinem Leben, ich bat in dem Moment um Verzeihung, wie jedes Jahr, wenn ich an ihrem Sterbetag herkam. Ich bat um irgendetwas, das mir wieder das Gefühl gab, ein guter Mensch zu sein. In der rechten Hand hielt ich Blumen. Rosen, weiße Rosen. Ich war kein Mann der großen Worte und zum Bedauern meiner Mitmenschen auch kein Mann der großen Taten. Ich war der ewige einsame Wolf. Auf wie viele Momente blickte ich jetzt zurück und wünschte mir, ich hätte etwas gesagt, etwas getan. Wie oft hatte ich vor dem Haus der Mädchen im Wagen gesessen und war zu feige gewesen, um reinzugehen. Ich hatte ihr ganzes Leben verpasst.
„Sie erwarten dich, das ist dir doch bewusst?"
Eine Stimme riss mich aus meinen Gedanken, es war keine fremde Stimme, es war jene Stimme, die mir in der Vergangenheit des Öfteren den Weg gewiesen hatte: Rosies Stimme.
Als ich rechts zu Boden sah, erblickte ich ihre Schuhe. Ihre tiefe rauchige Stimme, die von Teer gepflastert war.
Ich richtete mich auf, wischte mir über die Knie und

sah sie an.

„Weißt du, an was ich immer denken muss, wenn ich hier bin?", fragte ich die kleine zierliche Frau, die wie ich in die Jahre gekommen war, aber so schien es, immer stärker wurde.

„An was?", fragte sie, zündete sich dabei eine Zigarette an.

„‚Pass auf dich auf!' hat sie gesagt. Genauso, wie sie es immer sagte. Bis sie es nicht mehr sagte."

Anscheinend konnten Lawinen ganze Dörfer verschütten, Kinder auf der Welt verhungern, Flugzeuge abstürzen, Rosie hätte immer eine Lösung und einen Ratschlag parat. Doch es brauchte an diesem heißen Spätnachmittag diesen einen Satz, um Rosie an einem Punkt zu treffen, der ihr so naheging, dass es wehtat, sie anzusehen.

„Hätte ich etwas merken müssen, an dem einen Tag? Rosie, hätte ich etwas merken müssen?"

„Hätten wir? Das frage ich mich seit 19 Jahren fast jeden Tag."

Dann sagte wir einige Minuten nichts, wir blickten auf das Grab.

„Können wir das nicht einfach vergessen."

„Was? Dass du ihr Vater bist?"

„Sie haben dich, das reicht doch."

„Weißt du, wann sie aufgehört haben, nach dir zu fragen?"

„Wann?"

„Nie."

„Verstehst du nicht? Sie werden mich alle ansehen, mit dem Finger auf mich zeigen. Alle geben mir die Schuld, an dem, was passiert ist. Selbst Liz."
„Und wenn schon, wen kümmert es, was die Leute reden. Und Liz, Liz macht gerade eine schwere Zeit durch. Ihr geht's nicht gut."
„Aber es war ihr ernst, ich habe es in ihren Augen gesehen."
„Jake, sie war acht, als sie aufgehört hat, Kind zu sein. Sie war acht, als sie ihre kranke Mutter tröstete. Natürlich hat es sie verändert. Aber ich weiß, dass sie ein viel zu guter Mensch ist, um nicht verzeihen zu können."
„Und was ist mit Casey, sie war noch so klein."
„Casey vergöttert dich, nicht so sehr, wie sie ihre Schwester vergöttert, aber sie liebt dich. Und sie ist dir sehr ähnlich."
„Es reißt einfach zu viele Wunden auf, verstehst du? Ich habe ein komplett neues Leben …"
„So läuft das nicht!" Ihre Stimme wurde lauter. Zumal wir uns auf einem Friedhof befanden, wollte ich, dass sie leiser redete. Ich versuchte, ihr dies mit meinem Blick zu signalisieren. Zudem bewegte ich meine Hand in demselben Rhythmus wie ein Dirigent. Es half nur bedingt.
„Jake, nein so läuft das nicht. All das, was dir passiert ist, kannst du nicht aus deinem Leben streichen, das lasse ich nicht zu und schon gar nicht die Mädchen. So läuft das nicht!"

Sie fuchtelte wild mit ihren Händen. Ich sah, dass ihr die Tränen in ihre glühenden Augen stiegen. Infolgedessen stierte sie zu Boden und tupfte sich mit einem Taschentuch die Tränen aus dem rechten Augenwinkel. Ihre raue Stimme brach, als sie weitersprach: „All das, was dir passiert ist, und bist du noch so oft durch die Hölle gegangen, aber genau das hat dich zu dem gemacht, der du bist. Du wärest nicht der neue Jake, auf den du so stolz bist, wenn du nicht ganz unten gewesen wärest. Also hab verdammt noch mal keine Angst vor deiner Vergangenheit! Und verzeih dir selbst, verzeih dir selbst, hörst du."
„Gib mir Zeit, ich bin noch nicht so weit."
Sie wandte sich ab, steckte das Taschentuch in ihren Hosensäckel zurück und ging. Den Weg abwärts Richtung Parkplatz.
Ich sah ihr nach, die Sonne blendete mir entgegen. Abrupt blieb sie stehen und füllte die Leere mit der letzten Frage, weswegen sie den ganzen Weg gekommen war.
„Du kommst also nicht?"
„Noch nicht, ich kann nicht. So sehr ich es möchte, es fühlt sich nicht richtig an."

Kapitel 28

Ein letztes Mal
Liz

„Was willst du heute machen?", fragte Jason, während er sich die Krawatte knöpfte und im Badezimmer verschwand.
„Nichts."
„Du liegst jetzt schon seit zwei Tagen im Bett, komm schon, beweg dich."
Ich setzte mich auf, ging zu ihm ins Badezimmer, lehnte mich an die Tür.
„Guten Morgen."
„Morgen."
Er sah mich nicht an, hetzte an mir vorbei. Steuerte zielgerade auf die Espresso Maschine zu und war dann überfordert, als der Wasserbehälter aufgefüllt werden musste. Ich kam ihm zu Hilfe und fragte leise: „Weißt du, welcher Tag heute ist?"
„Keine Ahnung, aber um elf Uhr muss ich spätestens beim Gericht sein."
„Oh, okay."
„Wieso? Wolltest du heute Mittag essen gehen?"
Ich schüttelte den Kopf.
„Liz, ich habe keine Zeit für deine Spielchen, sag, was du willst? Ich kann dir deine Wünsche nicht von den Lippen ablesen. Sorry, ich habe keine Zeit dafür."

„Mein Geburtstag ist heute! Aber es ist in Ordnung, du hast noch nie daran gedacht."
„Wirklich, Liz? Ist es schon wieder Zeit, um zu streiten? Ich dachte, du hörst damit auf?"
„Ich sag doch nichts!"
„Dann spiel jetzt nicht die Beleidigte! Ich hätte es nicht vergessen, nur im Moment habe ich keine Zeit für ..."
„Für mich?"
„Hör zu! Meine Sekretärin lässt Blumen schicken."
„Welche? Die, mit der du geschlafen hast?!"
„Was?"
„Du hast schon richtig gehört!"
„Ich hatte nichts mit ihr!"
„Ach nein?"
„Das ist schon Ewigkeiten her!"
„Ich brauche keine Blumen."
„Liz, es reicht jetzt! Das ganze Universum dreht sich nun mal nicht um dich!
„Habe ich je irgendetwas verlangt? Jemals?"
„Siehst du! Du machst es schon wieder! Und ich habe wirklich, wirklich keine Lust, mir das jeden Tag anzuhören. Es ist neun Uhr, Liz! Neun Uhr! Ich weiß nicht, was ich mit dir machen soll. Aber dass du mir andauernd das Gefühl gibst, nicht gut genug zu sein, macht es kein Stück besser!"
„Ich will das alles nicht mehr."
Und ganz plötzlich war sie da, seine ganze Aufmerksamkeit.

„Du sagst das immer und immer wieder. Andauernd diese Dramen. Liz, werde erwachsen!"
„Das mit uns war nie perfekt, ganz und gar nicht. Nicht von dem ersten Moment an. Aber echt. Und du weißt, ich hätte für dich alles getan, und vielleicht habe ich das auch. Aber irgendetwas hat sich geändert."
„Hat das was mit der Bohnenstange zu tun?"
„Es hat damit zu tun, dass ich dachte, ich bräuchte jemanden, nicht irgendjemanden – dich. Ich dachte, ich könnte ohne dich nicht leben. Doch ich kann!" Ich wartete einige Sekunden, in denen absolut gar nichts zu hören war, bis ich hinzufügte: „Diesmal werde ich nicht zurückkommen."
Und wie sollte ich das erklären, wenn ich es selbst nicht verstand. Es war schwer zu gehen, es war nur möglich, weil ich wusste, es war noch schwerer zu bleiben.
Er nahm es tapfer auf, sah mich jedoch nicht mehr an als er sagte: „Aber ich vermisse dich jetzt schon."
„Dann vermisse mich."

Kapitel 29

Die Hochzeit
Liz

„Liz, Liz!", schrie Rosie quer durch das kleine blauweiße Hotel in Santa Monica.
Ich versuchte, mit meinen Highheels einen halbwegs graziösen Sprint hinzulegen. Vielleicht war es jetzt an der Zeit für meine Notfalltropfen, dachte ich. Die ja wahnsinnig beruhigend auf Körper und Geist wirken sollen. Rosie hatte einen weißen Anzug an, dazu trug sie ihre schwarzen Schuhe, welchen einen minimalen Absatz hatten. Keinen wirklichen für meine Augen, doch das war ihre Definition von Highheels.
„Was ist passiert?"
„Casey verlangt nach dir!"
Sie zerrte mich in ein Zimmer, in dem totales Chaos herrschte: Überall lagen Klamotten und Schuhe und Blumen herum; eine offene Champagnerflasche stand auf einem kleinen braunen Tisch aus Kirschholz, darauf eine Schüssel mit Obst. Weit und breit war keine Casey zu sehen.
„Casey?", fragte ich in den Raum hinein.
„Ich komme gleich!", ertönte aus dem Badezimmer.
Wenige Sekunden später erschien sie. Casey sah zauberhaft aus in ihrem bodenlangen, cremefarbenen

Kleid, das aus reiner Seide angefertigt war. Es war schlicht, ohne Rüschen oder Ähnliches. Zarte Träger, welche mit Swarovski-Steinen besetzt waren, der Rücken war tief ausgeschnitten. Die Haare trug sie glatt, der Schleier war ebenso schlicht, aber gut drei Meter lang. Ihr Make-up war dezent.
„Du siehst wunderschön aus!"
„Danke!"
„Ja, wie ein Engel!", ergänzte Rosie.
„Rosie! Hier drinnen wird nicht geraucht!", zischte Casey.
Rosie wedelte den Rauch weg und fügte hinzu: „Das merkt doch keiner!"
„Liz, ich wollte dich nur noch fragen, ob du unserem Vater die Einladung gegeben hast? Wird er kommen? Liz, was meinst du? Wird er kommen?"
Dieses Funkeln in ihren Augen, ich wollte es nicht mit der Wahrheit auslöschen. Nicht jetzt, nicht heute.
„Ich hielt es für besser, ihn nicht einzuladen. Ja, nenn mich egoistisch, aber ich habe ihm die Einladung nicht überreicht."
Mein Blick fiel auf Rosie, ich wusste, was sie dachte. Doch ich konnte mit dieser Lüge leben, jedoch konnte ich nicht damit leben, dass sie wieder einmal von seinem Nichterscheinen enttäuscht wurde.
Ja, vielleicht war sie nun wütend auf mich, das sah ich ihr an. Dann presste sie ihre Lippen immer aufeinander und ihre Augen wurden kleiner, während sie ihre Lippen kräuselte.

„Meinst du, er wäre gekommen, wenn er es gewusst hätte?"
„Bestimmt."
„Wann hörst du endlich auf, mich zu beschützen, Liz?"
„Ich schätze niemals."
Und wieder sah ich zu Rosie. Nur wir beide in diesem Raum kannten die ganze Geschichte. Ich wollte mich nicht weiteren Fragen ausliefern und Gefahr laufen, entlarvt zu werden. Also verabschiedete ich mich und ging wieder nach draußen, wo gerade die letzten Vorbereitungen getroffen wurden.
An diesem Tag lief fast alles schief, was schiefgehen konnte. Ich wollte nicht schimpfen mit dem Personal, wollte ich wirklich nicht. Aber als der Eisschwan keinen Schnabel mehr hatte, da konnte ich nicht anders.
„Der Schwan hat keinen Schnabel!"
„Ja, ich weiß nicht, wie das passieren konnte. Vermutlich liegt es daran, dass es hier verdammt heiß ist."
„Ja, das liegt wohl daran, dass wir in Kalifornien sind."
„Uns hat man mitgeteilt, hier wäre eine Klimaanlage."
„Am Strand?"
„Ähm also …"
„Es sieht wohl so aus, als wäre hier keine."
Aber sonst, die Location war einwandfrei. Direkt

am Strand. Das kleine Hotel, was eigens für Feierlichkeiten wie diese eingerichtet war, war beschaulich und ohne viel Schnickschnack.

In der einen Hand hielt ich mein Smartphone, in der anderen Hand wedelte ich mit einem Fächer, um mein Make-up zu retten. Da erblickte ich im Augenwinkel einen Pastellfleck.

Alle Tanten und meine Großmutter waren fast einheitlich lachsfarben gekleidet. Inklusive Hut.

Und meine Großmutter winkte mich auch schon herbei.

„Na hallo, Kleines. Huhuuu, Liz!"

„Kindchen, von der Seite sieht man dich fast gar nicht mehr."

Jetzt brachte sich meine Tante ein: „Ja, hast du auch Angst, zuzunehmen, ist schrecklich, ab 25 legt man zu. War bei mir auch so, aber keine Sorge hin und wieder darf man sich was gönnen."

„Mhm."

Wenn mein Speiseplan auch nur halb so interessant für mich wäre. Ich entschied, mich nicht auf jegliche Kommentare einzulassen und meinen Verwandten schlichtweg ein Kompliment zu machen: „Wunderhübsch seht ihr aus."

„Und wo ist deine Begleitung?" Meine Großmutter schaute durch ihre dicke Brille, die so dick war, dass ihre Augen verschwommen zu erkennen waren.

„Ich habe keine Begleitung. Ich bin alleine hier."

„Und was ist mit dem charmanten Herrn? Na, wie

heißt er nochmal? Helft mir, wie war sein Name?"
„Norbert?"
„Noah."
„Ja, wo ist Norbert."
„Noah heißt der junge Mann." Bestimmt und ein wenig stolz, dass sie den Namen wusste, kam es von meiner Tante Ane.
„Ich weiß nicht, wo er ist, aber er wird schon kommen. Eingeladen hat ihn Casey."
„Und wer hat deinen Vater eingeladen?"
Ich drehte mich zur Seite.
Neben dem Blumengeländer stand er mit einem Strauß Blumen. Rosen, weiße Rosen.
Die Gäste starrten uns beide an. Gingen an ihm vorbei und blickten dann in abwechselnder Reihenfolge wieder uns beide an. Für die meisten war er der, der sich einfach in Luft aufgelöst hatte, der, von dem man nichts mehr gehört hatte. Der, über den man nicht sprach – und wenn nur hinter vorgehaltener Hand.
Die Musik hatte begonnen zu spielen, doch ich konnte mich nicht bewegen, war wie gelähmt.
Zaghaft wich er den Gästen aus, fühlte sich fehl am Platz. Sein Blick war zu Boden gerichtet. Dann sah er wieder den Blumenstrauß an.
Die Blicke der Gäste schweiften nur so hin und her, es wurde auch getuschelt.
Alle Gäste waren nun auf ihren Plätzen. Das erste Lied war zu Ende. Das war das Stichwort für Casey

und Rosie, zu den Melodien von klassischer Musik machten sie sich auf den Weg. Sie waren noch weit genug entfernt, um ihn nicht zu sehen.
Unser Vater stand noch immer am selben Platz, war glatt rasiert, seine grauen Haare zum Scheitel gelegt. Der Anzug passte wie angegossen.

Und ich, ich konnte meinen Vater nicht so stehen lassen, also fasste ich mir ein Herz und ging auf ihn zu. So schwer es mir auch fiel, doch als ich sah, wie er seine Arme öffnete und fast tonlos flüsterte „Hier bin ich, Liz!", schob ich all meinen Stolz zur Seite und umarmte ihn. Wartete mehr als mein halbes Leben auf diese Umarmung, bis sie endlich passierte.

Jetzt kam meine kleine Schwester mit Rosie. Wenn ich durch den Schleier blickte, sah ich ihre Augen, die ergriffen von dem Moment waren.
108 Personen nahmen auf Stühlen, welche mit weißen Hussen überzogen waren, Platz. Vorne war ein Pavillon aufgebaut, dahinter konnte man das Meer entdecken. Man konnte den Ozean hören und riechen. Mein Blick fiel wieder auf Casey, so viele Eindrücke, die gerade auf sie einprasselten. Da sah sie zu uns. Zu ihrem Vater und mir.
Und ich sah zu Rosie, die tapfer versuchte, weiter geradeaus zu sehen und nicht zu weinen, dabei presste sie ihre Lippen fest aufeinander. Schritt

für Schritt gingen sie den altrosa Teppich entlang. Rosies Hand zitterte.

Casey sah nun ihren Verlobten, ihren Daniel, der sich umdrehte und seine zukünftige Frau voller Stolz betrachtete.

Es folgte eine romantische Hochzeit, in der wir viel weinten und die von einer unglaublichen Kulisse geprägt war.

Gut eine Stunde später waren sie verheiratet: Mr. und Mrs. Bishop. Und als die beiden den Teppich wieder zurückgingen, gratulierten die Gäste. Ganz zuletzt, war nur mehr einer über: Unser Vater mit seinen weißen Rosen. Er schritt auf sie zu, öffnete die Arme weit und sagte dann: „Mein kleines Mädchen, herzlichen Glückwunsch."

Plötzlich war er da, dieser eine Ausdruck in seinem Gesicht. Dieser Blick, dem er damals dem Mädchen in Disney-Land schenkte. Er sah stolz aus, so verdammt stolz.

Und in dem Moment, in diesen drei Sekunden, war ihr größter Wunsch endlich in Erfüllung gegangen. Sie umarmten sich innig. Als ich weiter nach hinten schaute, zu den Verwandten und Freunden, fiel mir auf, wie ergriffen alle waren. Keiner sagte etwas, kein Geräusch war zu hören, kein gar Nichts.

Ich blickte kurz zum Himmel und wünschte mir in diesem Moment, dass unsere Mutter uns sah. Bestimmt ging es ihr da oben gut, ich hoffte es.

Da spürte ich eine Hand auf meiner Schulter, es war

Noah.
Er flüsterte mir ins Ohr: „Sie sieht bestimmt zu."
Ich lehnte mich an seine Brust und nahm seine Hand, sah weiter nach oben.

Die Party war nun voll in Gange. Noah stand neben dem DJ und wippte mit dem rechten Fuß.
Und beinahe hätten wir vergessen, diesen Tag auf einem Bild zu verewigen. Die ganze Verwandtschaft auf ein Foto zu bringen, war eine Herausforderung. Als Trauzeugin sah ich mich ein wenig verpflichtet, die Gruppe in Zaum zu halten. Die junge, zarte Fotografin, die noch dabei war, nachzusehen, welche Lichteinstellung die richtige war, schien mit meinen Verwandten etwas überfordert.
Wir hatten sogar Bänke zur Verfügung, also platzierte ich sie darauf. Das Brautpaar in der Mitte und dann sortiert nach Größe und nach Farben. Onkel Toni platzierte ich sitzend auf der Bank, er hatte wohl seit dem Beginn der Hochzeit etwas tief ins Glas geschaut. Selbst gerade zu sitzen, fiel ihm schwer. Er wankte, lehnte sich mit dem Ellbogen auf sein Knie und rutschte dabei fast von der Bank. Bis auf ihn sahen wir aber alle vorzeigbar aus, also hüpfte ich als Letztes dazu. Neben meinen Vater und neben Noah.

*Wenn das Leben Musik ist und wir dazu tanzen,
dann geht es nicht darum, zu warten, bis das Lied
zu Ende ist.
Es geht nicht darum, so schnell wie möglich die
Tanzfläche zu überqueren.
Wir tanzen, um zu tanzen.
Es ist in Ordnung, mal traurig sein, mal zu weinen,
mal Fehler zu machen und alles infrage zu stellen.
Um am Ende festzustellen, dass uns all das zu dem
macht, was wir sind.
Also tanzen wir, den ganzen Weg entlang.*

Danke

Mein Dank gilt meinen Eltern, die mir mehr denn je gezeigt haben wie großartig sie sind und wie sehr ich mich auf sie verlassen kann. In absolut jeder Lebenslage. Ein großes Dankeschön an meine Stiefeltern, an meine Großeltern, Schwestern und meine gesamte Familie sowie an all meine Freunde. Und nicht zuletzt, ein ganz großes Dankeschön an meine Leserinnen und Leser!

Leseprobe

Erzähl mir was von Liebe ...

Im Jahr 2009

Während ich darüber nachdachte, ob es ein Tag war, der mein Leben zum Einsturz brachte, oder das Leben, welches ich führte, bemerkte ich zum ersten Mal die Stille in meinem Leben: Kein Geräusch, kein Ton lenkten mich von meinen Gedanken ab. Und da sah ich mein Leben; mein ganzes Leben. Ich musste weinen, mir 20 Jahre Ehe von der Seele weinen. Wie viel Wein ich dabei getrunken hatte, weiß ich nicht mehr, es waren Flaschen, verteilt auf Tage. Mit den Gedanken, nicht alles wieder sofort zu verwerfen und einfach hier am Boden meines Badezimmers liegen zu bleiben. Jetzt war ich bereit, zu leben.
Wollen wir beginnen, als mein Leben zerbrach oder als es begann.

Sommer 1988

Ich war so jung, so naiv und brannte so wahnsinnig darauf, das Leben zu entdecken. Auf der einen selben Straße, welche in das Dorf führte, ging ich schon mein ganzes Leben. Es stand außer Frage, dass die Landschaft, die diesen Ort prägte, wunderschön war. Sie inspirierte sicher den einen oder anderen Schriftsteller zu sagenhaften Gedichten und so manch einen Maler dazu, die Landschaft auf einer Leinwand festzuhalten. Mich bewegte sie lediglich dazu, dieses Dorf auf schnellstem Wege zu verlassen.
An jedem anderen Tag ging ich zur Arbeit, heute lief ich. Heute, heute war mein letzter Tag, endlich hatte ich genug Geld zusammengespart, um mir einen lang gehegten Traum zu erfüllen.
In dem Pub kellnerte ich schon seit Ewigkeiten. Hier war der Ort, an dem ich mein Geld verdiente und gleichzeitig ein klein wenig erwachsen geworden war. Und um Ewigkeiten in einem genauen Zeitraum auszudrücken: Es waren genau fünf Jahre und acht Tage. Einer der Gründe, warum ich bereits neben meiner Schulausbildung hart schuftete, war, dass die Haushaltskasse meiner Eltern dies verlangte. Mein Plan war es gewesen, bis zu meinem Schulabschluss zu kellnern und danach sprichwörtlich das Geschirrtuch zu werfen. Das war vor etwa vier Jahren. Diesen Februar pustete ich 23 jämmerliche Kerzen auf meiner Geburtstagstorte aus und fragte mich: Was mache ich hier eigentlich noch?

Eigentlich wollte ich doch mit einem Rucksack umherziehen, meine Geschichten schreiben. Und vor allem dem Dorf endlich den Rücken kehren. Mein Leben beginnen lassen. Eigentlich.

Carina Posch ist 1991 in Hartberg geboren. Schon als Kind und Jugendliche schrieb sie gerne Geschichten, diese Leidenschaft blieb bis heute. Als ausgebildete Medienfachfrau mit Schwerpunkt Mediendesign, ist sie im Medien- und Marketingbereich tätig.

Ihr Debütroman **„Erzähl mir was von Liebe ..."** erschien im Dezember 2015. Im März 2017 erschien ihr zweiter Roman **„Den ganzen Weg entlang"**.